Le pari de la panthère

Tome 3
Vegas Shifters

Anna Lowe

Contents

Chapitre 1

— Carte, demanda le jeune marié dans un costume bon marché.

Derrière, des lumières clignotaient parce qu'une femme d'âge moyen avait aligné trois symboles d'une machine à sous, gagnant... eh bien, pas assez pour prendre sa retraite, mais suffisamment pour avoir une bonne histoire à raconter sur son voyage à Las Vegas en rentrant chez elle.

Dex lança un regard dur et insistant au jeune marié. Il avait déjà trois six. Connaissait-il au moins les règles du black jack ?

— Si vous passez au-dessus de vingt-et-un, vous serez banqueroute, monsieur. Vous en avez conscience ?

L'homme le dévisagea avec indifférence et Dex soupira. Clairement, il n'avait aucune idée de ce qu'il faisait.

Ce qui, en tant que croupier, n'était pas son problème. Son boulot était de maximiser les profits pour le casino, ce qui signifiait faire couler les cartes... et l'argent.

Mais, bordel. La jeune mariée nerveuse qui regardait par-dessus son épaule était à peine majeure et ignorante, comme son promis... et clairement enceinte d'au moins huit mois, à en juger par son ventre arrondi qui criait : « Attention, j'arrive ! ». Les quelques dollars en jetons auxquels ils s'accrochaient étaient probablement tout ce qu'ils avaient, et Dex s'en voudrait s'ils perdaient tout et qu'il aurait pu l'éviter.

Il lança donc au jeune marié *Le* regard.

Tu en as fini à cette table, gamin.

Ses yeux mordorés brillèrent et il essaya de lui faire passer le message. Il aurait aimé lui dire « Pars tant que tu peux », mais c'était plutôt « Pars avant que tu perdes encore plus ».

Un ordre, pas une suggestion, en d'autres mots.

En général, c'était suffisant. Les humains avaient beau ignorer l'existence des métamorphes, peu étaient assez bêtes pour ignorer un avertissement clair provenant d'un mâle alpha.

Mais le jeune marié examina ses cartes, pour la énième fois, et loupa le coche.

Dex leva les yeux au ciel. À quel point les humains pouvaient-ils être stupides ?

Il avait envie de lui dire qu'il y avait de meilleurs moyens de gagner de l'argent, mais bon sang, cela valait aussi pour lui. Comment avait-il pu se retrouver à distribuer des cartes dans un casino de Las Vegas ? Un métamorphe panthère comme lui devrait rôder dans la nature quelque part, à respirer de l'air frais.

Oublie ça. Laisse ce type perdre, grommela sa bête intérieure.

Mais il ne pouvait pas chasser cette image du ventre rond, donc il gronda dans sa barbe.

Le jeune marié chercha autour de lui, se demandant d'où provenait ce son. Il tapota ensuite ses cartes.

— J'ai dit, « carte ».

Dex était tenté de la lui jeter en pleine tête.

Il lui lança de nouveau *Le* regard, le frappant de ses yeux à la place.

— Euh… Oubliez. J'ai changé d'avis, abandonna enfin le jeune marié.

Dex se retint de ricaner. Il n'avait même pas mis toute sa puissance ; il en avait révélé juste assez pour ne pas être repéré par les gardes et les caméras qui l'observaient. Un mois était passé depuis que son ami Tanner avait réussi le coup de la décennie à cette même table, filant avec deux millions de dollars et un diamant qui en valait encore plus.

Dex avait-il assisté et encouragé son ami ? Putain, oui. Il avait eu sa part, un petit million en liquide, qui était maintenant casé dans un endroit sûr.

Allait-il l'avouer ? Putain, non. Pas au gang de vampires assoiffés de sang qui dirigeait le casino. Qu'ils pensent que

Tanner et sa compagne avaient agi seuls, comme l'avait déjà conclu l'enquête.

Pourtant, les vampires étaient du genre soupçonneux. D'où la surveillance accrue à sa table.

Dex jeta un œil aux nombreux miroirs au mur, confirmant que son expression était aussi neutre et maîtrisée que d'habitude. Être une panthère aidait, même si à part sa carrure musclée, son côté animal n'était pas évident. Ce n'était que son lui habituel : des cheveux courts, presque une boule à zéro, et une barbe tout aussi sommaire qui soulignait sa peau sombre dans de fines lignes noires. Son nœud papillon était l'élément principal de son uniforme de travail : chemise blanche immaculée, veste noire, pantalon noir. Pas trop misérable, autrement dit, pas du tout suspect.

Du moins, il l'espérait.

Pourtant, il savait que n'importe quel autre croupier moins doué aurait depuis longtemps été dézingué, coupable ou pas. Ou pire, jeté en pâture aux vampires qui l'auraient vidé de chaque goutte de son sang. Mais Dex était le meilleur dans son domaine, et c'était son atout. Un atout éculé qui avait été joué bien trop de fois, s'il devait l'admettre. C'est-à-dire qu'il devait agir avec précaution s'il voulait rester en vie.

— Oh !

Bob, un régulier, fit tout un foin en consultant sa montre.

— C'est bientôt l'heure du deux pour le prix d'un au brunch à volonté de chez Bloody Mary.

Les yeux de la jeune mariée s'illuminèrent et elle tira sur la manche de son compagnon.

— Remballe, chéri. Il ne faut pas louper ça.

Bob fit un clin d'œil à Dex, ce que les caméras de sécurité avaient certainement capturé. Mais en tant que métamorphe hérisson, son client ne risquait rien. Pas quand les vampires ne pouvaient rien contre ses piquants. Dex, de son côté...

Fais attention, gronda-t-il dans l'esprit de son ami.

Bob sourit d'une façon qui le faisait plus que jamais ressembler à Danny DeVito. Petit, rondelet et roublard.

Je ferai en sorte de me planter aux prochaines manches.

Dex annonça la suivante et tout le monde se redressa en soupirant ; une femme dépassa la main du croupier avec vingt, mais tous les autres perdirent.

— Hé ! lâcha le jeune marié alors Dex prenait ses jetons. Trois six ça ne fait pas un brelan ?

— Ce n'est pas le bon jeu, monsieur, répondit-il en montrant les tables de poker. Essayez là-bas, la prochaine fois.

Bob désigna sa montre.

— Seuls les vingt premiers clients ont droit au deux pour un, vous savez.

La fille empoigna son mari par le col et le conduisit vers le restaurant, où une hôtesse métamorphe gazelle se précipita pour les accueillir.— Bienvenue au Bloody Mary ! Une table pour deux ?

Pfiou. Au moins l'heureux couple s'épargnait d'autres pertes... pour l'instant.

Et toi ? murmura Bob dans son esprit. *Ne devrais-tu pas être parti depuis longtemps aussi ?*

Dex conserva un visage neutre en distribuant les cartes suivantes.

Seuls les coupables fuient, et je n'ai rien à cacher.

Mis à part un million en cash, répliqua Bob d'un air amusé.

C'était une sacrée bonne chose que Dex puisse compter sur le hérisson pour garder un secret.

L'affluence était basse aujourd'hui et les manches suivants furent faciles et insipides. Assez pour que l'esprit de Dex dévie vers son million et tout ce qu'il pouvait faire maintenant qu'il était riche.

Sauf que ce ne fut pas là que ses pensées dérivèrent. Non, elles se tournèrent vers l'image de la femme qu'il aimait.

Dakota, chantonna sa panthère en rêvant de ses étendues de taches de rousseur sur ses joues hâlées. Combien de baisers faudrait-il pour toucher chacune d'entre elles ?

Il se força à revenir sur un problème beaucoup moins compliqué : son oseille. Que faire avec un million ?

Sa première pensée avait été d'acheter une nouvelle voiture et une jolie maison, puis de vivre avec panache. Peut-être un endroit chez lui en Floride, avec une rivière.

Il avait ensuite songé à s'éloigner franchement du plan dingue de Tanner et des soucis qu'il était certain de provoquer. Et, bordel. Il avait eu raison.

Si seulement sa bonne conscience était intervenue avec l'idée de donner l'argent à la fondation de sauvegarde des panthères de Floride de sa sœur. Et plus le temps passait, plus il aimait l'idée. Il avait toujours été un peu nomade, et ce n'était pas grave. Mais pour faire la différence, une vraie différence, dans une bonne cause pour la panthère, sa lointaine cousine... Ça, il ne pouvait pas résister.

Le fait était qu'aucun plan n'avait d'intérêt s'il ne survivait pas aux prochaines semaines. Un faux mouvement pourrait l'envoyer à l'autre bout d'une paille remplie de sang. Le sien.

Un frisson lui parcourut l'échine.

Ce qui le ramena au plan C : se tirer de Vegas en vie. De préférence avec son argent, mais dans le pire des cas... au moins vivant.

Mais, comme d'habitude, sa panthère avait une autre idée en tête.

Rester en vie ET garder l'argent pour la fondation ET conquérir ma compagne.

Un enfoiré cupide, en d'autres mots.

Mais rien que penser à ce dernier point faisait chanter son âme.

Dakota... Dakota...

Rouler sa langue autour de son nom renvoyait des papillons dans son cœur, et le souvenir de leur dernière nuit torride ensemble lui chauffait les veines.

Dakota était peut-être humaine, elle ignorait peut-être qu'il était un métamorphe, mais elle était sa compagne. La première fois qu'ils s'étaient croisés, il s'était figé net, bouche bée. Son cœur avait battu à un rythme totalement différent ; une cadence rapide et colorée qui lui avait dit que la vie avec elle ne serait qu'une longue et belle improvisation pleine de joie et de récompenses.

Si seulement il avait traité l'information tout de suite. Ce n'était que maintenant, alors qu'il risquait de la perdre, qu'il comprenait enfin ce que signifiait ce battement de cœur différent.

Elle est notre destinée. Notre avenir. Notre tout, chantonna sa panthère.

Le grand amour, approuva-t-il.

Le genre qui ne se dissipait jamais et ne donnait jamais de regrets.

Il se renfrogna. Pas de regrets, sauf le fait de ne pas avoir été assez à l'écoute pour se rendre compte à temps de ce qu'elle était pour lui. Était-ce trop tard ?

Un mouvement capta son attention, un des deux agents de la sécurité qui observaient la table. Son ventre se noua. C'était celui avec les longs cheveux noirs tirés en arrière, les lunettes de soleil et une peau si pâle qu'elle était presque translucide.

Un vampire.

Jurant dans sa barbe, Dex observa le deuxième garde, un métamorphe ours. Ce qui était presque aussi mauvais, parce que les ours avaient le meilleur flair du monde, et celui-là était un maniaque qui rapportait la moindre chose. S'il arrivait à capter l'odeur résiduelle de Dakota...

De la bile lui remonta dans la gorge. Les vampires pourraient... l'utiliser comme un atout contre lui. Ils pouvaient, et ils le feraient.

Il l'imaginait sans problème à présent... Se faire appeler dans le bureau du patron, où Igor Schiller montrerait ses crocs allongés et pointus et dirait quelque chose du genre : « Peut-être que nous devrions passer en revue une dernière fois l'incident malheureux du mois dernier. Y a-t-il autre chose dont tu aimerais nous faire part à ce sujet ? Ce serait dommage qu'une certaine mademoiselle Starr connaisse une fin tragique, tu ne crois pas ? »

Il serra les dents. Il devait garder Dakota hors de cette histoire. Même s'il devait la perdre, il ne pouvait pas prendre ce risque.

Une dizaine de couteaux se plantèrent dans son cœur et tournèrent dans la plaie. Pour l'instant, il avait tenu plus d'une vingtaine de jours sans la voir. Sans même lui envoyer un message, en fait, parce que les vampires pouvaient tracer ses appels. Qui savait ce qu'elle pensait de lui à présent ?

La pile de cartes qu'il mélangeait faillit lui échapper des mains et il jura. Il devait suivre son plan quoiqu'il en coûte, que ça lui fasse mal ou pas. Peu importait le nombre d'heures qu'il passait à scruter le plafond de sa chambre, désirant sa compagne. Peu importait le temps qui défilait dans sa vie creuse et solitaire. Il devait la garder en sécurité.

Sa panthère hurla.

On ne peut pas vivre sans notre compagne !

Quand il distribua la main suivante, un joueur retourna sa première carte, la reine de cœur.

La seconde fut un as de pique, la carte fétiche de Dex. L'espoir revint. Mais peu de temps après, le roi de cœur apparut... le roi suicidaire avec une épée à travers son crâne. Dex se renfrogna. Était-ce un présage ?

Il repoussa cette pensée. Avec de la chance, il pourrait faire profil bas un moment, semer les vampires et ensuite retrouver sa compagne.

Mais quand ? Où ? Comment ? Dakota avait prévu de quitter bientôt la ville. De ce qu'il en savait, elle était peut-être même déjà partie.

Mais bon, personne ne planifiait de vivre longtemps à Vegas, mais beaucoup de gens y restaient des années. Comme Bob, qui se rappelait l'époque où une grande partie du Strip était un désert.

La tension artérielle de Dex augmenta quand le garde l'approcha d'un pas déterminé. Le vampire tapota sa montre, lui signalant sa pause. Dex se tourna alors vers les clients :

— Mesdames et messieurs, nous fermerons cette table après cette manche.

Il afficha son plus beau sourire.

— Ils doivent penser que vous gagnez un peu trop.

Les joueurs éclatèrent tous de rire. N'importe qui ayant fait un peu attention à leur partie aurait vu que c'était le contraire. Mais bon, merde. L'espoir faisait vivre, même dans la ville du péché.

Quelques minutes plus tard, Dex termina la manche et se leva pour les courbettes d'usage.

— Mesdames, messieurs, c'était un plaisir. Profitez de votre séjour au Scarlet Palace.

Dans son esprit, il rajouta : « Et restez loin des vampires. »

Sur ce, il se dirigea vers le bar où Randy, le barman métamorphe licorne, arborait son meilleur look de Boy George. Il lui fit un clin d'œil et passa une main le long de son chapeau melon.

— Qu'est-ce que t'en penses ? Sois honnête.

Dex accepta son verre de service habituel, un ginger ale.

— Je pourrais, mais je ne veux pas te faire de mal, chantonna-t-il.

Randy lâcha un gloussement et lui claqua l'épaule.

— Sympa.

Il retourna ensuite à un autre client, reprenant lesdites paroles de la chanson de Boy George.

Un groupe de danseuses de music-hall arriva de l'autre côté du bar, comme une volée de perroquets surexcités, même s'il ne savait pas si c'était vraiment ce qu'étaient censées représenter leurs plumes fluo de plus d'un mètre.

— *Hola*, Dex, lança celle qui s'appelait Crystal. Tout se passe bien, mon chat ?

Il leva son verre.

— Je pense bien. Et pour vous, les filles ?

— On ne peut mieux, bébé. On va commencer le premier show de la journée.

Les filles le saluèrent et lui soufflèrent des baisers. Alors qu'elles repartaient de façon théâtrale, les plumes formèrent un mur presque continu. C'était étrange. Dex se sentit subitement attiré, ce qui n'était pas son genre. Soudain, une des filles chancela sur ses talons de quinze centimètres, lui permettant d'avoir un aperçu de l'entrée principale plus loin.

Il s'immobilisa.

Non, correction. À l'extérieur, il resta aussi nonchalant qu'un chat. Mais à l'intérieur, son cœur s'emballa et son regard se fixa. Non. Ce n'était pas possible.

La parade de plumes poursuivit son chemin et il eut du mal à ne pas chercher au-dessus, en dessous ou sur les côtés pour vérifier. Il était désespéré d'avoir le moindre aperçu de ces cheveux blond-roux, de ce regard sérieux.

Dakota ? Ici ?

Dakota ! acclama sa panthère intérieure.

Les danseuses finirent par bouger et bordel... elle était là. Dakota. Pas étonnant qu'il ait senti ce soudain élan.

Ses longs cheveux raides se balancèrent alors qu'elle regardait autour d'elle... et avec cette attitude, comme une cowgirl en train de chasser un taureau s'étant enfui. Une cowgirl épuisée, impatiente, affichant le culot de la fille qu'il ne fallait pas emmerder. Grande et dégingandée, elle portait un jean qui n'était pas délavé, juste minutieusement assoupli. Pareil pour ses bottes : pratiques, pas des accessoires de mode.

Son nez était un joli petit bouton, non pas qu'il oserait le lui présenter ainsi, et ses yeux vifs examinaient la foule. Des yeux noisette, un mélange hypnotisant de vert et de marron. Imprévisible, irrésistible, tout comme elle.

Et dès qu'ils se posèrent sur lui, sa bouche s'ouvrit comme si un câble électrique connectait son cœur au sien.

Zing ! Son corps sentit aussi le tremblement. Cet élan d'amour, de désir, d'espoir qui lui avait tellement manqué ces dernières semaines.

— Dakota, murmura-t-il.

Son ventre fit une embardée. Merde. Que fichait-elle ici ?

Il détourna vivement la tête, mais c'était trop tard. Richard le vampire avait suivi son regard. Maintenant, cette raclure touchait son oreille et murmurait quelque chose dans son micro.

Dex écarquilla les yeux. Si Richard examinait Dakota de plus près...

— Crystal ! Brooke ! dit-il en tapotant le comptoir. Si je vous offrais un verre ? Je parle de quelque chose de sain pour bien commencer votre journée.

Il baissa ensuite la voix.

— Fais ça vite, Randy.

— Oh, Dex ! roucoulèrent les filles.

Elles lui soufflèrent d'autres baisers et s'attroupèrent au bar, bloquant la vue de Richard sur la porte.

— Un smoothie à l'ananas pour moi, commença Crystal.

Les autres ajoutèrent leurs commandes, et Dex se dépêcha de les contourner, espérant que les plumes de leurs coiffes couvrriraient les caméras de l'entrée.

— Dex, chaton, dit une danseuse en battant ses cils de deux centimètres. Comment te remercier ?

— Ce n'est pas nécessaire, répondit-il en se pressant.

La bonne nouvelle, c'était que les danseuses avaient englouti Dakota, la gardant hors de vue. La mauvaise, c'était qu'il était difficile de faire son chemin, avec tous ces baisers et ces mains aux fesses. Quand il arriva enfin jusqu'à Dakota, il était recouvert de rouge à lèvres.

Dakota posa les mains sur les hanches.

— Chaton ?

Il l'empoigna par le coude et l'entraîna vers la porte.

— Je jure que je vais tout t'expliquer, mais pour l'instant, il faut partir d'ici.

Chapitre 2

Dakota eut du mal à garder l'équilibre alors que Dex l'entraînait, la portant presque, dehors. Le soleil aveuglant et les températures désertiques torrides la frappèrent physiquement, néanmoins ce n'était rien comparé à la brûlure de ses joues. C'était un mélange de colère et d'euphorie parce que, bordel, Dex recommençait... Il l'excitait comme si elle était une chatte en chaleur.

— Hé ! s'exclama-t-elle alors que les semelles de ses bottes dérapaient sur le trottoir.

— Tu ne peux pas rester ici, annonça-t-il.

Elle dégagea son bras.

— Ravie de te voir aussi.

Il leva les mains au ciel.

— Je suis ravi de te voir. Non, je suis heureux comme jamais de te voir. Tu m'as vraiment manqué.

Sa voix se brisa sous le désir et son expression changea. Quatre-vingt-dix-neuf pour cent du temps, Dex était aussi cool et distant que possible. Charismatique, confiant, responsable. Elle n'avait vu le dernier pour cent que lorsqu'ils étaient seuls. Et cette toute petite fraction se décomposait en milliers de saveurs, comme le papillonnement rêveur de ses paupières quand ils s'embrassaient. Le rire brut quand elle faisait une plaisanterie. L'émerveillement qui faisait briller ses joues quand ils étaient au lit.

Mais tout ça, c'était en privé. Maintenant qu'il était en plein jour, exsudant de tristesse, elle se sentait presque mal.

Presque. Mais, bordel. Pas après les trois dernières semaines.

— Je t'ai tellement manqué que tu n'as pas appelé ni répondu aux messages pendant trois semaines ? Tellement, que dès que tu me vois, tu me fous dehors ?

Merde, sa voix devenait stridente, et chaque fois qu'elle le poussait, il revenait en chancelant. Mais il le méritait, ce con.

Vraiment ? Il avait les lèvres qui tremblaient à cause de paroles qu'il ne pouvait dire, et ses yeux la suppliaient.

« Pitié, Dakota. Pitié, écoute-moi », disaient-t-ils. Des iris comme une lune d'automne… aussi sombre que la nuit, mais teintée d'une nuance dorée.

Soudain, il regarda par-dessus son épaule, jura et la pressa plus loin dans la rue.

— Je vais tout t'expliquer, promis Mais pas ici, ce n'est pas sûr.

Elle rit presque. Rien à Vegas n'était sûr, entre les problèmes créés par l'homme et la chaleur brutale du désert.

— Pas sûr ? ricana-t-elle. J'ai déjà sauté d'une voiture lancée à pleine vitesse jusqu'à une autre. Je me suis tenue debout sur un cheval en train de galoper. Je me suis suspendue à des hélicoptères. Ne me dis pas ce qui est sûr ou non.

— C'était des cascades pour des films, répliqua-t-il en l'entraînant. Et crois-moi, je suis ton premier fan. Mais là, c'est du sérieux, Dakota. Des vrais méchants qui ne retiennent pas leurs coups.

Elle le dévisagea. Dex avait l'air… eh bien, pas effrayé, parce que rien ne lui faisait peur. Plutôt… nerveux. Assez pour qu'elle cherche également par-dessus son épaule.

— Dans quoi t'es-tu fourré ?

Il avait un air morne.

— Dans quelque chose où tu ne dois pas te fourrer toi aussi.

Il regarda sur sa gauche, puis jura.

— Il y a des caméras. Vite… bouge.

Il la pressa vers les buissons qui bordaient l'entrée du casino. Quand il s'arrêta et jeta un œil à travers les feuillages, Dakota fit de même. Dex avait-il perdu la tête, ou y avait-il vraiment un ennemi ici ? C'était dur à dire, étant donné les fontaines teintées de rouge qui jaillissaient devant le Scarlet Palace.

Pendant un moment, ils s'accroupirent épaule contre épaule, dans l'espace étroit entre les buissons et le mur extérieur du casino. Elle posa alors une main sur son bras.

— Dex...

Elle avait l'intention de continuer en lui demandant ce qu'il se passait, mais dès que leurs yeux se croisèrent, son cœur se gonfla et des petites harpes se mirent à jouer dans ses oreilles.

Ce qui était dingue. Les seuls hommes qu'elle autorisait à lui faire perdre pied étaient des collègues cascadeurs quand le script le requérait. Et même elle, elle pouvait briser les noix du type avec un coup de pied bien placé ou bondir sur une moto pour s'échapper.

Avec Dex, en revanche... Son entrejambe soupirait, comme si Cupidon lui-même venait de la frapper d'une flèche d'amour et sceller son destin.

C'était comme la première fois, lors de leur rencontre, quand le temps s'était arrêté et que des milliers de cloches avaient sonné dans son esprit, comme si elle avait touché le plus important jackpot de la ville et était sur le point d'encaisser gros. Pas en argent, mais en amour. Assez pour un avenir riche et heureux, si seulement elle écoutait l'appel primaire dans ses veines.

Celui qui murmurait : « C'est le bon. »

Elle déglutit et, au lieu de lui demander ce qu'il se passait, faillit lui dire qu'elle s'était inquiétée pour lui.

Une bonne chose que sa fierté reprenne le dessus à ce moment.

— Que se passe-t-il ?

La question ne visait qu'à moitié la menace qui le rendait si nerveux, quelle qu'elle soit. Le reste faisait référence à la sensation bourdonnante qui semblait toujours tourbillonner entre eux quand ils étaient proches. Le refrain joyeux dans ses oreilles, l'envie irrésistible de se nicher contre lui. L'impression désarmante qu'une force plus puissante se mêlait de sa vie... dans le bon sens.

Quand il prit sa joue dans sa main, elle ferma les yeux et s'appuya contre. Très vite, des images magnifiques flottèrent dans son esprit... certaines du passé, d'autres du futur.

Comme la fois où ils étaient partis danser dans un minuscule bar de cowboy. Le soir où ils avaient roulé loin dans le désert pour admirer le coucher de soleil. La toute première fois où elle s'était réveillée à ses côtés, et la dernière, il n'y avait pas si longtemps.

— Dex...

Elle se força à ouvrir les yeux et suivit la ligne parfaite de sa barbe bien taillée.

Il secoua la tête, comme s'il avait été tout autant déphasé qu'elle pendant une minute. Il regarda une nouvelle fois au coin, comme un soldat faisant son baroud d'honneur à Fort Alamo.

— Je vais t'expliquer. Je le jure. Mais pour l'instant, tu dois partir d'ici. Je ne peux pas les laisser te voir avec moi.

— Qui ça ?

Elle vit sa pomme d'Adam s'agiter.

— Plus tu en sais, plus ce sera dangereux pour toi.

Elle serra le poing devant son visage.

— Et moins tu m'en dis, plus ce sera dangereux pour toi.

Il écarquilla les yeux, avant de montrer quelque chose.

— Regarde. Là.

Elle protégea ses yeux du soleil et repéra trois types de la sécurité qui couraient hors du casino. Ils cherchèrent autour d'eux, murmurant dans leurs micros.

Dakota recula un peu plus dans les buissons.

— Waouh. Qu'est-ce que tu as fait ?

Elle tapota la poche la plus près d'elle, s'attendant à une grosse liasse de billets. Mais il n'y avait rien... juste le bord du badge d'identité du casino attaché à sa ceinture.

Il grimaça.

— Rien. Enfin, rien qu'ils n'aient pas mérité.

Elle le dévisagea.

— Je n'ai pas le temps d'expliquer maintenant.

Il contracta ses muscles, prêt à se mettre en action.

— Tiens-toi prête. C'est peut-être ton occasion de fuir.

Elle suivit le mouvement de son menton vers la dizaine de protestants qui convergeaient vers l'entrée du casino. Habillés de blanc, comme une sorte de secte hyper hygiénique, ils brandissaient de grosses pancartes comme des chevaliers avec leurs épées.

— Stop aux sangsues ! cria un des manifestants.

Les autres suivirent le cri de ralliement.

— Ce palace nous saigne à blanc !

Dakota les observa, bouche bée. Waouh. Ces types se souciaient vraiment des clients qui perdaient leur argent dans ce casino.

Les agents de la sécurité blêmirent et bafouillèrent dans leurs micros. De leur côté, les touristes sortirent leurs portables pour filmer le spectacle, formant une petite foule.

— Vas-y ! s'exclama Dex en la poussant vers la rue, filant toujours accroupi.

— Stop aux sangsues ! répéta un protestataire.

— À bas les es-crocs aux dents longues ! hurla un autre.

— Mangez végan !

Dakota ricana en courant.

— Ils ont plein de choses dans leur programme, tu ne crois pas ?

Le regard de Dex s'assombrit et elle jura l'avoir entendu marmonner dans sa barbe « Si seulement tu savais. »

Mais c'était difficile d'être sûre avec ce vacarme grandissant et les feuilles qui fouettaient son corps maintenant qu'il la poussait vers une autre haie.

— Comment es-tu arrivée jusqu'ici ?

Elle fit la grimace. Allait-elle vraiment avouer avoir passé une nouvelle journée à parcourir les casinos à la recherche de son amant disparu pour lequel elle s'inquiétait ?

Clairement pas.

— Euh… j'ai laissé mon pick-up au Bellagio et j'ai marché jusqu'ici.

Il la dévisagea, puis observa le Strip long de plusieurs kilomètres, scintillant sous la chaleur de midi.

Elle mit les mains sur les hanches.

— Quoi ?

Juste à ce moment, un bus de ville roula vers un arrêt, et il la poussa dans sa direction.

— Prends celui-là et va-t'en. Loin. Je finis de travailler à cinq heures. Je viendrai te voir à ce moment-là, promis.

Elle campa sur ses positions.

— Qu'y a-t-il de si dangereux ? Pour toi, je veux dire.

Il secoua la tête.

— Je dois finir mon service pour qu'ils ne se doutent de rien. Je m'assurerai après que personne ne me suive.

S'il n'avait pas eu l'air si sincère, elle l'aurait interrogé. Mais les portières de la navette s'ouvrirent dans un sifflement et la climatisation lui souffla sur le visage.

— Mais...

Dex la fit monter dans le bus avec insistance.

— Je jure que je viendrai te retrouver.

Avec lui sur le trottoir et elle deux marches plus haut, il avait l'air d'un chevalier qui prêtait serment à genoux.

— Donne-moi un lieu et une heure. Je serai là, promis.

Elle hésita, puis céda.

— Franc-Tireur.

Son expression resta impassible, donc elle ajouta.

— Le stand de tir. Tu connais ?

— Je trouverai.

Elle croisa fermement les bras.

— Six heures ce soir. Ne sois pas en retard.

Il ouvrit la bouche pour répondre, cependant les portes se fermèrent juste à ce moment. Elle ne capta finalement qu'un petit hochement de tête et ses lèvres qui bougèrent : « Franc-Tireur. Six heures ».

Chapitre 3

Le temps ne s'était jamais écoulé aussi lentement, avant de réaccélérer. Les affaires au Franc-Tireur décollaient surtout en soirée, et un mélange dans les réservations n'aida en rien.

Dakota jura. Pourquoi avait-elle accepté la moitié des parts d'un stand de tir au lieu d'un simple emploi de salarié ? Et bordel, pourquoi avait-elle dit six heures à Dex ?

En ce qui concernait le stand... eh bien, elle n'avait pas trop eu le choix quand un studio pour lequel elle avait travaillé avait fait faillite. Et en ce qui concernait Dex...

Elle se renfrogna. De ce qu'elle en savait, il n'allait même pas venir. Il pourrait ne *jamais* venir.

Elle avait mal au cœur après ces trois semaines douloureuses. Et ça piquait encore plus qu'elle n'avait jamais été le genre à se languir d'un homme. N'importe lequel.

Mais Dex était entré dans sa vie et avait tout chamboulé.

— Euh, Dakota...

Wayne, un de ses employés, tanguait d'un pied à l'autre.

Elle se força à se reconcentrer sur la liste de réservation. L'enterrement de vie de garçon insistait sur le fait qu'ils avaient réservé pour six heures, mais elle avait noté huit heures. De son côté, le groupe d'Henderson venait aussi d'arriver.

Sortant de son bureau pour regagner dans le hall d'entrée, Dakota put dire instantanément qui était qui. Les dix mecs avec des ventres qui commençaient à dépasser de leurs T-shirts délavés de fraternité étaient là pour l'enterrement de vie de garçon, alors que les sept femmes qui les fusillaient du regard devaient être celles qui avaient réservé le package « Sayonara, bébé ». Le pack divorce, entre autres termes.

Une femme avec une coupe de cheveux sévère et l'expression qui allait avec leva la main.

— Nous étions là en premier.

— Détendez-vous un peu, marmonna un des types de la fraternité.

— Seigneur, on dirait mon ex, se piqua-t-elle.

— Le connard, commenta une de ses amies.

Dakota intervint.

— Il n'y a aucun souci. Par ici, mesdames. Avez-vous amené vos propres cibles ?

La première sourit et brandit son certificat de mariage.

— Bien sûr.

— Oh, et ça aussi.

Son amie lui tendit un papier roulé et maintenu par un nœud rose.

— On a fait faire ça pour toi, Violet.

La femme l'ouvrit et caqueta de ravissement.

— Oh, c'est parfait.

Les hommes reculèrent en le voyant. Une image intégrale d'un type photoshopé depuis une photo de mariage, sans aucun doute son ex, avec une cible sur son entrejambe.

Alors que les hommes grimaçaient, la porte d'entrée s'ouvrit et Dex se faufila, aussi discret qu'un voleur. Un voleur très attirant et très sexy. Le voleur de son cœur ?

Dakota soupira vers le plafond. Seigneur, elle détestait que son cœur se mette à crépiter en le voyant. Mais il s'illumina tout autant qu'elle, et quand leurs regards se verrouillèrent, le temps se figea.

Une bonne chose que Wayne lui ait donné un coup de coude.

— Euh... parfait, dit Dakota en essayant de se rappeler où elle en était.

Il est parfait, oui, songea son côté diablesse.

Mais bon, c'était probablement ce que Violet avait pensé de son ex à une époque.

Dakota dirigea le groupe du divorce sur la droite.

— Wayne, va installer ces dames.

Il acquiesça.

— Et un AK-47 rose qui arrive. Sauf si vous préférez le Glock ?

Violet jeta un regard vengeur à la copie de son ex.

— Les deux.

Le groupe partit alors, papillonnant d'excitation.

Dakota se tourna vers la bande des hommes. Plus vite elle les installerait, plus vite elle pourrait discuter avec Dex.

— Darell, peux-tu t'occuper de nos autres clients ?

Elle pivota à moitié, puis revint, criant vers le couloir.

— Darell !

Une silhouette tatouée apparut à la porte de l'espace de stockage, mâchonnant un cure-dent.

— Oui, patronne ?

Seigneur, elle détestait son ton condescendant.

— Tu peux installer ces messieurs au stand 4.

Elle manqua de lui grogner de se bouger les fesses.

Un de ces jours...

Elle soupira. Un de ces jours, elle se débarrasserait de sa part de cette boutique et se ferait la malle. Elle pourrait retrouver un travail honnête dans un ranch, comme elle l'avait fait avant de se faire appâter par les studios de cinéma. Mais pour l'instant...

Elle résista à l'envie de donner un coup de pied dans l'arrière-train de Darell.

— Amusez-vous bien, les garçons.

La moitié du groupe sembla ravi d'être assigné à un homme comme Darell, alors que les autres parurent abattus.

— Tu ne viens pas, poussin ?

Elle manqua de ricaner. Oui, elle portait son uniforme de travail, une combinaison en cuir noir bien trop sexy, mais non, elle n'allait pas encourager les fantasmes qu'ils pourraient avoir.

— Vous n'étiez pas dans ce film, là ? lança un autre. Comment ça s'appelait... ?

Son camarade désigna un des posters au mur.

— *La Brute et le Cruel.* J'ai adoré ce film.

Dex suivit son regard et Dakota grimaça. Bien sûr, elle lui avait parlé de son boulot en extra, devenu extraordinaire, devenu un enfer hollywoodien tordu. Mais étrangement, le laisser voir ces images de promotion lui semblait être une mauvaise chose. Toute cette théâtralité, tout ce spectacle... rien n'était vraiment elle.

— Je n'ai fait que les cascades, marmonna-t-elle.

— C'était les meilleures parties.

Le nouveau membre de son fan-club sourit.

— Waouh, vous étiez dans tous ces films ? s'épancha un autre.

Elle dissimula un soupir.

— Ouaip.

Les posters étaient une idée de Wayne ; tout pour attirer les clients et rendre Franc-Tireur mémorable. Dakota avait accepté dans le seul espoir qu'une augmentation de fréquentation l'aiderait à vendre sa part. Mais elle espérait depuis quatre mois maintenant et n'avait reçu aucune offre qui valait le coup.

— Waouh, même Le *Cowboy vengeur*, s'extasia un des hommes. C'est vous qui sautiez de cheval en cheval ?

— Ouais.

Elle désigna le fond d'un couloir d'un air sévère.

— Maintenant, allez-y, votre temps défile.

Le type resta bouche bée.

— Vous ressemblez totalement à la princesse guerrière Khloe Maxx quand vous faites ça.

Dakota leva les yeux au ciel. Apparemment, il avait aussi vu *Planète de la Mort*.

— Allez-y, aboya-t-elle.

Il grimaça et fila après Darell.

— Oui, ne te laisse pas faire, lança une traînarde du groupe précédent en brandissant le poing.

Dakota prit une profonde inspiration.

— Merci. Amusez-vous bien.

Pendant une minute, les bruits de pas et les bavardages des clients résonnèrent contre les murs du couloir, puis deux lourdes portes se fermèrent, deux fois plus fort pour celle de Violet, et le silence s'installa.

Dakota s'appuya contre le comptoir de l'accueil. Seigneur, quelle journée.

Et maintenant, ça. Elle croisa lentement le regard de Dex.

— Salut, murmura-t-elle après quelques secondes.

— Salut.

Dakota déglutit de sa gorge bien trop sèche. Toute sa vie, elle avait travaillé avec des hommes posés et tranquilles comme lui. Des gars qui ne dévoilaient pas tout de suite leur jeu, comme les cowboys du ranch dans lequel elle avait grandi ou les cascadeurs qui prétendaient ne pas avoir mal. Et aucun ne l'avait troublée de cette manière.

Mais, bordel. Un coup d'œil, et ses joues la brûlaient. Un mot, et son âme dansait. Un contact, et son corps frissonnait d'anticipation.

Elle se redressa et croisa les bras, se rappelant qu'elle était en colère contre lui.

— Donc, je peux enfin voir où tu travailles, murmura Dex.

Quand elle haussa les épaules, sa queue de cheval se coinça dans sa tenue de cuir. Elle tira sur le col.

— Seigneur, je hais ce truc. Ça me donne l'impression d'être Catwoman.

Les yeux de Dex brillèrent comme lorsqu'ils étaient tout seuls et qu'il la déshabillait lentement et sensuellement.

— Je déteste aussi ma tenue de travail.

Elle aurait pu ricaner... sauf que cela lui rappela ce qui était arrivé un peu plus tôt.

— De tous les endroits où tu aurais pu travailler, je n'aurais jamais cru que ce serait le Scarlet Palace.

Il se mordilla la lèvre.

— Oui, à ce sujet...

Et aussi simplement que ça, elle sentit sa colère revenir. Tous ces jours passés à s'inquiéter, à s'inquiéter...

— À ce sujet ? *Ce* sujet ? s'énerva-t-elle, sa voix montant dans les aigus. Quel sujet, exactement ?

Des souvenirs traversèrent son esprit, de leur rencontre fortuite sur un sentier dans la nature sauvage à la pizza qu'ils avaient partagée après leur premier baiser... Leur première nuit inoubliable ensemble, et toutes ces heures torrides qu'ils avaient passées dans les bras l'un de l'autre.

Pas seulement ça, mais aussi les randonnées. Les discussions faciles. L'observation méditative et tranquille du coucher de soleil, loin des extravagances de Las Vegas. Les petites choses qui disaient que ce n'était pas que du sexe génial.

Mais juste quand elle avait été sûre que Dex était le bon, il avait disparu.

— Je parlais du fait que je n'ai pas donné de nouvelles, tenta-t-il.

— Et pourtant, tu n'as quand même rien fait.

— Je ne pouvais pas. Je le jure. Je voulais, mais…

— Tu ne pouvais pas ou tu ne voulais pas ? l'interrompit-elle en plantant un doigt dans son torse. Tu as disparu de la surface de la planète. J'étais inquiète.

Vraiment inquiète, cependant elle garda cette information pour elle.

— Et ensuite, j'ai été en colère. Très en colère.

Pan ! Pan ! Pan ! Le bruit vif d'un Glock du côté du groupe de femmes souligna sa phrase.

— Tu as tous les droits de l'être, approuva Dex. Mais j'ai dû faire profil bas un moment. Je craignais ce qu'ils pourraient te faire pour m'atteindre.

Ratatata ! Un bruit de mitrailleuse se fit entendre de l'autre côté.

Elle leva un sourcil.

— Qui ça, « ils » ?

Il se rapprocha, chuchotant.

— Le Scarlet Palace.

Elle l'examina de près, ne trouvant aucun signe de mensonge.

— Et en quoi serais-tu suspect ?

Mis à part d'être délicieusement beau et d'avoir un sourire qui ferait fondre la culotte de n'importe quelle fille, évidemment.

En temps normal, Dex aurait affiché un rictus pour renforcer cette idée, pourtant cette fois, sa joue tressaillit et ses yeux se rivèrent au sol comme s'il avait quelque chose à cacher.

Ce qui n'avait aucun sens. Il n'y avait pas plus droit et honnête que lui. C'en était même presque pénible. En plus, il avait l'allure d'un boxeur professionnel mélangé à un félin. Un très gros félin bourré d'assurance, comme un tigre avec les crocs et griffes dehors. Qu'est-ce qui le chamboulait autant ?

Quand son regard éloquent croisa le sien, elle resta bouche bée. C'était à cause d'elle ?

Elle fit la moue. Jusqu'à présent, elle n'avait songé qu'au fait qu'elle s'était inquiétée pour lui. S'était-il simplement inquiété pour elle ?

— Que s'est-il passé, Dex ?

Il eut du mal à lâcher le morceau.

— Tu te souviens de mon ami Tanner ? Il avait besoin d'argent, et pour une bonne cause, je le jure. Donc il a organisé un… euh…

Une porte s'ouvrit à la volée et un des hommes du groupe de l'enterrement de vie de garçon arriva en hésitant avec un M4.

— Euh, mademoiselle ? Darell dit qu'on doit vous demander pour la ligne de mire de celui-là.

Il batailla avec l'arme, pointant d'abord Dex avec, puis la porte, puis le bar.

— Houlà !

Dakota empoigna le canon et le tourna vers le sol.

— Darell ne vous a pas appris la toute première leçon ?

Le type se gratta la tête.

— Euh… Amusez-vous ?

Elle leva les yeux au ciel.

— La sécurité d'abord. Gardez toujours le canon vers le sol. *Toujours.* Pigé ?

— Pigé.

Alors même qu'elle lui parlait, il commençait déjà à remonter l'arme.

Dakota la repoussa vivement. C'était une bonne chose qu'il n'y ait que des balles de plomb, néanmoins elles pouvaient quand même causer des blessures permanentes.

— Quel est le problème ?

— Ça tire à côté.

Elle leva encore les yeux au ciel, s'empêchant de répliquer que c'était plutôt la faute du con qui ne savait pas viser.

Elle tapota sur le dispositif de réglages de la ligne de mire.

— Il faut faire plusieurs essais avec celle-là, d'accord ?

Enseigner à des maternelles serait plus facile.

— Go, allez essayer.

Elle le renvoya vers le stand de tir. Une fois qu'il fut reparti, elle siffla vers Dex.

— Ne me jette pas ce regard.

Il leva les mains au ciel.

— Quel regard ?

Elle le montra du doigt.

— Celui-là.

Des acclamations retentirent au stand 3 alors qu'un bruit métallique strident résonnait. Dex grimaça.

— C'était une alliance ?

Dakota haussa les épaules.

— Les hommes ne tiennent pas tous leurs promesses, tu sais.

Il déglutit et une ombre de honte passa devant ses yeux.

— Tanner et sa petite amie ont organisé une diversion au casino et ont filé avec deux millions de dollars, lâcha-t-il enfin. Ils ne les ont pas volés... ils les ont gagnés, à la loyale. Mais ils ont désactivé les premiers systèmes d'alarme pour que les gérants ne puissent pas jouer leur tour habituel quand quelqu'un est en veine. Ils étaient vraiment furieux, et puisque c'était moi le croupier...

Elle plissa les yeux. Elle ne l'aurait jamais cru capable de se retrouver mêlé à ce genre d'histoires, mais peut-être avait-elle tort. Peut-être était-il un escroc et que la seule chose sur laquelle il ne mentait pas, c'était le fait qu'elle devrait rester loin de lui.

— Et ton rôle dans tout ça... ?

— Euh... je les ai peut-être aidés à désactiver l'alarme, dit-il avec un petit sourire. Oh, et je l'ai paramétrée pour que le moins d'employés possible soient en service à ce moment. Et j'ai aussi peut-être...

Elle leva une main.

— Peut-être que je n'ai pas envie d'entendre ça.

— C'est ce que je te disais. Plus tu en sais, plus tu pourrais être en danger. C'est pour cela que je devais garder mes distances.

— Et pourtant, tu es là.

— Tu m'as demandé de venir.

Elle croisa les bras.

— Je commence à le regretter.

Son visage vacilla à peine, alors qu'il afficha un regard de chien battu.

Dakota déglutit et baissa la voix.

— Je suis désolée. Je ne voulais pas dire ça. Mais, pitié... explique-toi. Je peux probablement aider.

L'espoir revint dans ses yeux et elle ne put retenir un petit sourire. Et ça recommençait... un aperçu de ce un pour cent caché. La fraction qu'elle était la seule à voir.

Mais au lieu de s'expliquer, Dex la regarda en silence. Il ouvrit ensuite les bras, et aussi simplement que ça, il la serra contre lui. Comme leur première nuit ensemble ; c'était juste arrivé tout seul, comme l'automne se faufilant au milieu de l'été, et l'hiver au milieu de l'automne. C'était aussi naturel que ça, inarrêtable.

Elle ferma les yeux et inspira son parfum frais et boisé. Seigneur, il lui avait manqué.

La façon dont ses bras se serraient autour d'elle lui disait la même chose.

— Crois-moi, je ne voulais pas te quitter, murmura-t-il en caressant ses cheveux. J'ai juste besoin de trouver un moyen de me sortir de tout ça.

— Alors, parle-moi. Laisse-moi aider.

Mais alors que Dex reculait et inspirait profondément, sur le point de reprendre la parole, des acclamations et des tirs retentirent au stand de la divorcée.

Wayne passa la tête par la porte.

— Euh, Dakota ? Elles n'écoutent rien.

Elle jura et s'écarta de Dex.

— Peut-être que ce n'est pas le bon moment ni le bon endroit pour ça.

— Quand, alors ?

Son pas chancela alors que son côté raisonnable se faisait entendre, lui disant que Dex ne lui causerait que des problèmes et qu'elle devait garder ses distances.

Elle avait mal au cœur. Oui, mais c'était Dex. Comment ne pouvait-elle pas l'écouter ? Comment ne pouvait-elle pas l'aider ?

Mais bon, elle avait fait des mauvais choix par le passé. Comme son premier petit ami, cet enfoiré égocentrique. Et puis le second, un type de deux fois son âge. Et il y avait eu ce cascadeur irrésistible et charismatique qu'elle avait brièvement fréquenté... Le mot clef étant « brièvement ». Le pire avait été ce premier rôle baratineur pour qui elle avait presque craqué. Qu'avait-elle bien pu voir en lui ?

Elle pinça les lèvres. Pour une femme qui réalisait des cascades, aucune de ses prises de risque n'avait payé en matière d'hommes.

Dex est différent, disait une voix au fin fond de son corps. *C'est le bon.*

Sa gorge était si sèche qu'elle avait du mal à avaler. Devait-elle lui donner une autre chance ou couper les ponts une fois pour toutes ?

Dex lui lança un regard suppliant... pas pour qu'elle lui donne une autre chance, mais pour qu'elle le rejette, pour son bien à elle.

— Demain soir, dit-elle enfin. Au coucher du soleil. Painted Rock.

Une lueur traversa ses yeux ; c'était leur endroit à eux.

Elle le lui confirma en hochant la tête avant que le doute prenne place en elle.

— À demain alors.

Chapitre 4

Dex entra sur le parking du départ du sentier et mit la voiture au point mort. Il ne vit pas le pick-up de Dakota, ce qui signifiait qu'il était en avance ou...

Son cœur battit plus vite alors qu'il sortit de sa vieille Camaro et regarda autour de lui. Et si quelque chose lui était arrivé ?

Il renifla vite l'air alors que sa panthère intérieure agitait la queue. Pas de trace de Dakota. Il bondit sur un rocher, examinant chaque véhicule qui circulait sur l'autoroute au loin. Quelques secondes plus tard, il vérifia son portable. Bordel, où était-elle ?

Le ciel était marbré de lumière jaune orangé, donnant l'impression que les montagnes irrégulières étaient plus rouges que jamais. La terre sous ses pieds irradiait de chaleur sèche, alors que la température de l'air se rafraichissait rapidement. Le moment parfait pour qu'une panthère s'éclipse dans la nature et parte explorer...

Ou arpente un parking et se fasse du mouron.

Il se maudit pour avoir accepté de la retrouver dans un coin si isolé, mais que pouvait-il faire ? Il ne pouvait pas risquer de la rencontrer chez lui, car on avait déjà fouillé son appartement. Deux fois. Comme s'il était assez bête pour y cacher son butin.

Non, dans la nature, c'était plus logique. Assez loin pour qu'il s'assure de ne pas avoir été suivi, et assez sauvage pour avoir l'impression d'être sur son terrain de jeu.

Pourtant, il restait nerveux. Chaque pick-up qui apparaissait le faisait espérer, avant de le décevoir. Il avança de trois pas vers sa voiture puis fit volte-face et de jeter un œil de nouveau. À une époque, il aurait admiré les derniers rayons de soleil sans la moindre inquiétude, sûr que Dakota arriverait, saine et sauve. Mais aujourd'hui...

N'importe quoi ? dit une petite voix dans sa tête. *Tu donnerais vraiment n'importe quoi ?*

Il hocha la tête. N'importe quoi.

Même un million de dollars ?

Il hocha immédiatement la tête, une nouvelle fois. Bien évidemment, Dakota valait le coup.

Il cligna des yeux alors que le soleil se couchait, songeant à cette révélation. Une qui rôdait dans son esprit depuis des semaines, même s'il ne s'en était rendu compte que récemment. Un rencard ici, une randonnée là, tout ça menant à la première de nombreuses nuits d'extase. Et puis, les lendemains matins radieux qui les laissaient tous les deux souriants la majorité de la journée... Des sourires qu'ils revivaient dès qu'ils se revoyaient. Tous les fredonnements heureux qu'il poussait dernièrement. Toute cette joie. Tous ces espoirs et ces rêves qui peuplaient soudainement son esprit.

Ce n'était pas juste un coup de chance. C'était le destin.

Elle était son destin.

Il frotta les deux mains sur ses joues. Sa mère avait toujours dit qu'il ne voyait jamais derrière l'arbre qui cachait la forêt. Mais, bon sang. Être si lent à reconnaître sa compagne ?

Mais bon, les panthères n'étaient pas comme les ours, les loups ou ces espèces qui étaient à fond dans les compagnons prédestinés. Comme la majorité des félins, les panthères avaient tendance à être très satisfaites de leur solitude. Qui avait besoin d'une compagne ?

Jusqu'à ce jour miraculeux... si on avait assez de chance pour voir la lumière.

Sa panthère agita la queue d'un côté à l'autre. *Compagne.*

Au son de pneus crissant sur le gravier, il tourna la tête juste à temps pour voir Dakota rouler jusqu'au parking en lui faisant signe.

— Désolée, je suis en retard.

Il ouvrit et ferma la bouche, aucun son ne sortant. Et puis merde, que pouvait-il dire ? C'est moi qui suis en retard ? Trop en retard pour voir l'évidence ?

Alors que Dakota passa pour aller se garer, il sentit sa poitrine se soulever et se gonfler. Dites donc, que l'air était frais. Et, waouh, que le ciel était beau et clair.

Elle sauta de sa voiture, emportant un sac à dos.

— Salut.

Ses longs cheveux détachés suivaient son élan habituel et inarrêtable, et ses joues aux taches de rousseur s'arrondirent quand elle lui lança un sourire tendu.

Il ravala la boule dans sa gorge.

— Salut.

Les premiers pas qu'ils firent l'un vers l'autre furent calmes et mesurés. Les suivants furent un brin plus rapides, et les derniers...

Ils s'écrasèrent dans une étreinte.

Il lui caressa le dos, le protégeant des dangers du monde extérieur et refusant de lâcher. Il repensait au « n'importe quoi » d'un peu plus tôt.

N'importe quoi, c'était décidé. Tout. Il donnerait tout.

— Partons d'ici, murmura-t-il.

Elle rit et se tourna vers le sentier.

— D'accord.

Il prit sa main et montra sa voiture. La sienne. N'importe laquelle, franchement.

— Non, je voulais dire, loin de Vegas. Maintenant. Monte et on y va. On laisse toute cette merde derrière nous et on repart de zéro ailleurs.

Elle le dévisagea.

C'est un oui, décida sa panthère en commençant à l'entraîner vers la voiture.

— Houlà. Attends, freina-t-elle. Maintenant ?

— Qu'est-ce qui nous retient ?

— Euh... mon boulot. Ton boulot...

— Je hais le mien. Tu hais le tien. Tu as dit que tu voulais partir.

— Quand j'aurai vendu ma part de l'entreprise, oui.

Il secoua la tête.

— Ça ne vaut le coup pas de prendre ce risque.

Elle plissa les yeux. Ses beaux yeux noisette comme de la mousse poussant sur une berge.

— Oui, le risque. Une chose dont tu devais me parler… quand ?

Il inclina la tête vers l'autoroute.

— Je peux te raconter en chemin.

Elle campa sur ses positions.

— Non, tu peux le raconter tout de suite.

Un chien arriva en courant sur le sentier, suivi par une famille de quatre personnes, et Dakota se corrigea.

— Ou plutôt, une fois à Painted Rock. Allons-y.

Et elle partit, saluant la famille en passant.

— Beau paysage, hein ?

— C'est génial, s'extasièrent-ils.

Les longues jambes de Dakota la firent rapidement prendre le sentier, crapahutant si vite entre les rochers qu'il avait du mal à suivre le rythme. Elle traversa un bosquet de frênes où ils surprirent un âne sauvage, puis ils serpentèrent sans bruit le long d'un canyon de grès, marquant à peine le sable de leurs empreintes.

Elle ferait une superbe panthère, fredonna son animal.

Oui, en effet. Et bordel, elle avait un sacré sens de l'orientation, se dirigeant droit vers l'endroit isolé qu'ils avaient découvert des semaines plus tôt et surnommé Painted Rock. Et elle faisait ça à un rythme qui semblait défier celui du soleil, glissant sur l'horizon. Qui attendrait Painted Rock en premier ?

— On y est presque, murmura-t-elle quand ils dépassèrent une source cachée.

Une personne normale aurait considéré ça comme l'arrivée, parce que Painted Rock montait haut sur la droite. Mais Dakota grimpa en vitesse la pente abrupte, aussi agilement qu'une chèvre des montagnes.

Une panthère, insista la bête.

Une partie de lui désirait se transformer et lui révéler son félin intérieur immédiatement. Il marcherait à pas feutrés sur le terrain broussailleux et la dépasserait en quelques enjambées. Il bondirait ensuite d'une saillie à l'autre, lui montrant que la vie des métamorphes pouvait être géniale.

Dakota adorerait ça, il en était certain. Il y avait juste le petit problème des explications du monde métamorphe à régler... Et les compagnons prédestinés... Et la morsure d'union... Et les vampires qu'il devait éviter.

Ses épaules s'affaissèrent. Par où commencer ? Comment ? En tant qu'humaine, Dakota ignorait tout de ces choses.

— Dépêche-toi, appela-t-elle par-dessus son épaule. Le soleil va se coucher.

Quand il la rattrapa enfin, elle avait une lueur triomphante sur les joues qui imitait les couleurs de l'horizon à l'ouest. Elle leva sa bouteille d'eau dans un toast silencieux, but plusieurs gorgées, puis prit quelques grandes inspirations ; elle avait le visage de quelqu'un ayant accompli sa mission, avant de passer à son prochain exploit.

Le problème était que le suivant dépendait de lui. C'est-à-dire expliquer la situation.

Le sommet de Painted Rock était lisse et assez large pour contenir une dizaine de randonneurs, même s'ils n'étaient que deux. Juste lui, elle, et les étoiles émergeant une à une dans le ciel indigo sans fin.

Dakota se laissa tomber lourdement par terre et tapota la place à côté d'elle.

— Tu essaies de gagner du temps.

Il ne put s'empêcher de sourire. Ils s'étaient rencontrés à peine six semaines plus tôt, pourtant elle le connaissait mieux que lui-même.

— Allez. Crache le morceau, l'incita-t-elle. La vérité, toute la vérité, rien que la vérité.

S'asseyant à côté d'elle, il prit une profonde inspiration et commença enfin. La vérité, même si pas toute la vérité, parce qu'il n'arrivait pas à se résoudre à lui parler des métamorphes et des vampires... pas encore.

— Mon ami Tanner est venu à Vegas pour battre les propriétaires du casino à leur propre jeu... tout ça pour une bonne cause. Ils cherchaient à construire un nouvel établissement dans une région sauvage près de chez lui...

C'était plus une tanière qu'une maison, puisque Tanner était un métamorphe ours. Mais Dex laissa cette information de côté.

— Sa petite amie Karen l'a aidée...

Elle était moitié dragonne, moitié sorcière. Dex n'en parla pas non plus, mettant l'accent sur la cause et le fait que, techniquement, ils n'avaient brisé aucune règle. Sans compter les cartes, sans cacher d'as. Ils avaient fait juste en sorte que la sécurité ne soit pas alertée quand Karen avait commencé à gagner gros et avait continué d'une manche à l'autre.

— J'ai aussi une bonne raison, dit-il. Sauvegarder la panthère de Floride. Tu n'imagines pas à quel point leur nombre réduit de jour en jour. Surtout que ça pourrait être évité, car la majorité est tuée sur les routes. Mais si nous construisions plus de passages pour la faune et établissions des couloirs naturels...

Il commença à se laisser un peu emporter, ayant lui-même réchappé de peu à la mort chez lui. En sachant qu'il était métamorphe et qu'il maîtrisait assez le monde humain pour éviter ce genre de choses. Les panthères sauvages, en revanche, n'avaient aucune chance, et avec leur habitat qui était constamment réduit...

Oups. Il s'était clairement laissé emporter. Il se força à revenir sur le sujet.

— Tu as vu les danseuses au casino hier ?

Elle fit la grimace.

— Comment aurais-je pu les rater ? Tous ces sequins, toute cette peau nue.

— Et toutes ces plumes, bloquant les caméras de sécurité.

Il leva le bras, imitant leurs coiffes.

Dakota éclata de rire.

— Sérieux ? Ça a marché ?

— Oui... Oh, et j'ai peut-être coupé un petit câble pour que l'alarme n'arrive pas jusqu'à la salle de surveillance. Mais il était érodé de toute façon.

— Je parie qu'il l'était, oui, marmonna Dakota d'un ton pince-sans-rire.

— Bien sûr !

Malgré tout, elle n'avait pas l'air amusée, et il gloussa.

— Ce type avait raison.

Elle fronça les sourcils.

— Quel type ?

— Celui au stand de tir. Tu ressembles vraiment à cette princesse guerrière quand tu fais ça.

— Je n'ai fait que les cascades.

Il sourit.

— Et c'était les meilleurs passages du film.

Elle lui tapota le bras.

— Arrête de changer de sujet. Qu'est-il arrivé ensuite ?

Il haussa les épaules.

— Tanner et Karen ont filé avec leurs gains et m'ont donné ma part. Même s'il n'y a aucune preuve de mon implication, le casino me surveille de près. C'est pour ça que j'ai dû garder mes distances, Dakota. Ces types sont de vrais gangsters. Pas le genre à qui il faut chercher des poux.

Il faillit ajouter que c'était surtout parce qu'ils avaient des crocs et suçaient le sang, mais s'abstint.

— Quoi, comme un genre de mafia ? demanda-t-elle.

— Pire que ça.

— Qu'est-ce qui est pire que ça.

— Des types qui aiment tuer. Qui aiment le sang.

Elle recula, toutefois il continua, insistant.

— Des types qui peuvent parfois lire en moi, je le jure. Comme Lucifer ressuscité. Comme... comme des créatures de la nuit.

Il leva une main.

— Je sais que ça paraît dingue, mais ils sont comme ça. Ils ne s'arrêteront jamais. Ils ne pardonnent rien.

Elle déglutit.

— Mais ils ne s'en sont pas encore pris à toi, pas vrai ?

— Pour l'instant, non. Tant que je leur fais gagner de l'argent, du moins.

Elle afficha un petit sourire.

— Trop charmant pour ton propre bien, hein ? Tu ramènes des clients et ils restent sur place ?

Il haussa les épaules. Plus ou moins, supposait-il.

Dakota le poussa du doigt.

— Tu pensais sincèrement qu'ils n'allaient pas te surveiller ?

— J'imagine que je ne m'en souciais pas vraiment. Pas quand ils n'avaient pas de preuves et rien à retenir contre moi. Mais ensuite...

Il hésita, contemplant l'immensité du désert. Le soubassement qui ondulait, les rouges et les marron pâles. L'air si sec, un murmure qui pouvait tenir des kilomètres.

Il se racla la gorge et réussit enfin à sortir sa phrase.

— Mais ensuite, je me suis rendu compte qu'il y avait quelque chose. Non, quelqu'un. Quelqu'un dont je me soucie assez pour qu'ils l'utilisent contre moi.

Il retint sa respiration, parce qu'ils n'avaient jamais eu de telle conversation auparavant. Bordel, ils n'avaient jamais pensé si loin, ni dit qu'ils s'aim... bref. Ils s'étaient trop amusés dans le présent pour songer à l'avenir. Mais, maintenant...

C'était drôle de voir qu'un simple évènement pouvait éclaircir toute une situation.

L'épaule de Dakota touchait la sienne, et elle était aussi immobile que lui. Ainsi que le désert, qui attendait qu'il ait assez de courage pour dire les choses.

— Quelqu'un dont tu te soucies assez, hein ? murmura Dakota.

Il hocha la tête, puis serra sa main dans la sienne. Un peu comme le faisait sa mère avec sa Bible, le dimanche, quand elle s'agenouillait sur les bancs de l'église. Et, bordel, peut-être qu'on était sur son banc d'église à lui, et que les étoiles étaient ses guides spirituels.

— Tu sais ce que c'est, dit-il d'une voix éraillée. On ne sait jamais quand quelque chose compte vraiment pour nous avant qu'il ne soit trop tard.

Sans rien dire de plus, il embrassa sa main. Un geste si chaste que c'en était risible, étant donné le nombre de fois où ils s'étaient vus nus et s'étaient abandonnés à des fantasmes sauvages. Mais, étrangement, cela lui semblait plus intime que tout ce qu'ils avaient fait auparavant.

— Quelqu'un que j'aime, dit-il enfin.

La brise était légère, et il n'y avait que quelques brins d'herbe à agiter autour d'eux, pourtant, pour lui, c'était comme si l'univers entier tonnait sous les applaudissements.

Dakota referma les doigts autour des siens et se pencha.

— Que tu aimes, hein ?

Il hocha la tête.

— Que j'aime. Il m'a fallu un moment pour le comprendre, cependant, dit-il en plantant un pied dans le sol. Mais je ne suis pas sûr que cette personne ressente la même chose.

Elle caressa le dos de sa main du pouce, cherchant ses mots.

— Elle ressent la même chose. Je veux dire...

Elle se racla la gorge.

— Je ressens la même chose.

Dex sentit son cœur s'envoler comme un cerf-volant.

Elle resserra les doigts autour des siens.

— Et tu n'es peut-être pas le seul qui ne s'était pas rendu compte de ce qu'il avait.

Elle s'arrêta assez longtemps pour déglutir, difficilement, et murmura :

— Mais tu sais quoi ?

Il se tourna pour la regarder droit dans les yeux.

— Quoi ?

Un oiseau aurait pu passer qu'il aurait fait moins de bruit que sa voix. Il jura.

Mais Dakota dut le voir, parce qu'elle continua :

— Ce n'est peut-être pas trop tard.

Il bougea les lèvres pour répondre, cependant, étrangement, les mots finirent en baiser. Un baiser aussi léger qu'une plume, pourtant il fit chavirer son âme.

Elle glissa une main sur son épaule et dans son dos, se nichant plus près.

— Ce n'est clairement pas trop tard, murmura-t-elle. Après tout, nous sommes ici.

Elle hocha solennellement la tête, le pressant lentement pour qu'il se couche sur la roche lisse. Celle où ils avaient déjà fait l'amour quelques fois par le passé.

Dex surprit cette pensée et se corrigea. Peut-être que ça n'avait pas vraiment été de l'amour, pas plus que du sexe. Cependant il se jura que ce qui était sur le point d'arriver rentrerait dans une catégorie plus noble.

Quand elle le chevaucha, il passa les mains le long de ses côtes, remontant son T-shirt. Mais la partie réfléchie de son esprit le fit s'arrêter. Ils devaient discuter de tellement de choses...

— Peut-être qu'on devrait...

Elle secoua la tête.

— Parler ? Oui. Plus tard. Pour l'instant...

Peut-être qu'elle avait raison. Parler n'était pas le seul moyen de communication. Et ils étaient tous deux meilleurs pour s'exprimer avec des actes.

Dakota recula, levant un sourcil.

— Des objections, monsieur ?

Il secoua la tête.

— Non, m'dame.

Elle sourit et retira son T-shirt ainsi que son soutien-gorge.

— Bien, parce qu'on dirait que tu as encore détourné mon attention.

Il voulait lui dire que ce n'était pas lui, que c'était le destin. Qu'il ne l'avait pas compris avant, mais que maintenant, il savait.

Mais il n'y avait pas le temps, pas avec elle qui revenait vers lui pour un baiser profond et avide.

Il sourit. Avec n'importe quelle autre femme, c'était lui qui aurait fait ça. Mais il n'y en avait pas d'autre comme elle... Aucune ne l'avait jamais autant bouleversé qu'elle. Et, bordel. Dakota ne serait pas Dakota si elle ne savait pas exactement ce qu'elle voulait.

Elle sait ce qu'on veut aussi, gronda sa panthère alors que Dakota l'aidait à retirer son pantalon.

Ça, c'était sûr. Et quand ils parvinrent enfin à tout enlever...

Dakota le chevaucha et glissa lentement, le prenant un centimètre torride à la fois. Elle bascula ensuite la tête en arrière et commença à onduler du bassin. Timidement au début, puis plus vite. Plus vite...

Dex empoigna ses hanches, la regardant elle et les étoiles. Une vision qui devint plus floue plus il ruait vers elle et plus elle criait. Mais une chose resta parfaitement et résolument claire.

Compagne, fredonna sa panthère, encore et encore. *Compagne.*

Hors de question de quitter Vegas si vite... pas sans elle. Mais il garderait les détails pour plus tard, parce que pour l'instant...

— Oui ! gémit Dakota, ondulant plus vite, toujours plus vite, et suppliant pour toujours plus.

Plus, il était prêt à le lui donner, et pas seulement ce soir.

Chapitre 5

Dakota s'aspergea le visage et s'observa dans le miroir de la salle de bain de son bureau à Franc-Tireur. Bordel, c'était encore arrivé. La veille au soir, elle avait laissé la voix hypnotique de Dex, ses yeux, son toucher... son *tout* l'emporter dans un monde de rêves. Au lieu de trouver une solution à leur problème, ils avaient fini par s'abandonner à trois rodéos de sexe intense, toujours plus affamé et primaire que le précédent.

Non pas qu'elle s'en plaignait. C'était juste qu'elle avait encore perdu son sens de l'équilibre. Étrangement, ça lui arrivait constamment en présence de Dex.

Après coup, il l'avait pressée de quitter Vegas avec lui, cependant elle avait déjà repris ses esprits à ce moment. Pourquoi ? Parce que les propriétaires du casino ne laisseraient pas les limites de la ville les arrêter s'ils voulaient faire de lui leur cible.

Et puis, elle devait encore traiter ses émotions. Oui, elle aimait Dex. Trois semaines frénétiques sans lui avaient rendu ce fait extrêmement clair. Mais quitter la ville pour commencer une nouvelle vie ensemble était une grande décision, même dans des circonstances normales. Le faire alors qu'il était la cible d'un patron de la mafia, c'était d'un tout autre niveau.

Donc, non. Elle n'allait pas tourner les talons et fuir à l'aveuglette. Comme n'importe quelle bonne cascade, leur départ de Vegas devait être méticuleusement calculé. Cela signifiait savoir exactement où ils en étaient. Peut-être que Dex avait tort au sujet des soupçons du casino. Peut-être que s'il faisait profil bas assez longtemps, il pourrait quitter Vegas sans problème.

Elle se renfrogna. Quelles étaient les chances ?

Et enfin, elle n'était vraiment pas à l'aise avec la manière dont cet argent avait été gagné, même si ça avait été pour une bonne cause.

La façon dont il parlait des panthères et de leur habitat était surprenante. Elle savait qu'il aimait la nature et la vie sauvage, mais waouh. C'était quelque chose de voir quelqu'un de si détendu et facile à vivre que lui montrer tant de passion et de volonté.

Pourquoi les panthères en particulier ? Elle lui avait posé la question sur le chemin retour.

Il avait réfléchi, hésité, et finalement marmonné quelque chose sur le fait d'être fidèle à ses racines en Floride. Mais, étrangement, elle n'avait pas eu l'impression que c'était toute la vérité.

Elle s'éclaboussa le visage une nouvelle fois. Si seulement Dex ne s'était pas attiré les foudres de patrons de casino sans pitié en faisant ça. Mais c'était lui. Un peu d'impulsivité, un peu de cœur et très peu de préparation.

Elle, de son côté, avait un plan depuis longtemps. Un bon. Tout cet argent qu'elle avait économisé grâce à son job dans le cinéma... tous ces moments où elle l'avait échappé belle durant des cascades douteuses... Tout ça dans le but d'achever son objectif, sa propre cause. Après cinq ans dans le cinéma et quatre mois à Vegas, elle était prête à retrouver ses racines en achetant un petit ranch et en menant une vie calme, honnête et en plein air.

La question était de savoir si Dex trouverait sa place dans ce plan.

Un coup résonna à la porte, la sortant de sa rêverie.

Elle retourna dans le bureau.

— Entrez.

De la sueur perlait sur le front de Wayne quand il passa la tête.

— Ton rendez-vous est arrivé.

Elle soupira et regarda par la fenêtre. Vingt et une heures. Qui pouvait bien demander un entretien professionnel après le coucher du soleil ? Mais bon, s'il était sérieux en prétendant souhaiter racheter ses parts de la boutique, plus tôt ils se rencontraient, mieux c'était.

— Génial. Fais-le entrer.

Wayne entra totalement dans son bureau et ferma derrière lui.

— Je ne suis pas sûr que tu le veuilles vraiment. Ces gars sont flippants.

Elle ricana.

— Au moins la moitié des réalisateurs d'Hollywood avec qui j'ai travaillé sont flippants. Je peux gérer ça.

Pourtant, Wayne hésitait encore.

— Je veux dire, *super* flippants. Ils me rappellent les méchants dans *La Résurrection de Spartacus*.

Elle leva les yeux au ciel.

— C'était juste un film, Wayne.

Un plutôt mauvais, en plus. « Des gladiateurs vampires » avait dit son agent en rigolant. Mais ils lui avaient offert le double de ce qu'elle avait gagné sur le film précédent.

Wayne posa une main tremblante sur la poignée.

— D'accord, mais ne va pas me demander de proposer à café à tes invités transylvaniens, patronne.

Il sortit, laissant la porte ouverte. Des voix dérivèrent depuis le couloir, et Dakota jeta un coup d'œil rapide envieux à la carte postale qu'elle avait épinglée au panneau d'affichage. Si cette réunion se passait bien, elle pourrait prochainement regagner les montagnes. Au lieu de l'asphalte et de la pollution de la ville, elle pourrait inhaler l'air frais des forêts de pins et s'émerveiller sur les paysages des Rocheuses à dos de cheval.

— Mademoiselle Starr, retentit une voix douce comme du brandy avec un accent.

— C'est moi. Entrez.

Elle avait dit ça par habitude sans regarder, et elle le regretta immédiatement. Wayne avait raison. Ce type, et les trois avec lui étaient franchement flippants.

Chacun portait un tailleur noir sur-mesure avec une chemise noire et des lunettes de soleil... la nuit. Leurs cheveux brillants et sombres étaient plaqués en arrière dans un look bancal et éteint. La seule pointe de couleur parmi eux était le mouchoir rouge plié proprement dans la poche de poitrine du premier homme.

Rouge sang, même.

Mis à part ça, trois des quatre hommes étaient similaires. Grands, fins, pâles. Très pâles même, comme s'ils ne s'aventuraient jamais au soleil.

Les joues de Dakota tressaillirent. Le dernier type était imposant, costaud, avec une cravate mal nouée. Il ressemblait beaucoup à l'agent de sécurité qui était sorti du Scarlet Palace après Dex quand il l'avait pressée de partir.

— M. Schiller. Asseyez-vous, je vous en prie.

Sans lui offrir sa main, elle s'installa elle-même dans son fauteuil. Il était gros, en cuir, et criait au monde que c'était elle le patron.

— Je vous en prie, appelez-moi Igor.

Son accent était raccord avec son allure. Russe ? Bulgare ?

Transylvanien, articula silencieusement Wayne depuis la porte.

Deux des trois hommes restèrent dehors, alors que le troisième ferma après lui, prenant place debout derrière son chef. Des gardes du corps, donc.

Schiller pianoter sur le bureau.

— Parlons sans détour, mademoiselle Starr.

Elle manqua de le corriger. Morgenstern était son vrai nom, mais pour une fois, ça ne la dérangeait pas de ne pas le révéler. Juste au cas où.

— Oui. Allons-y. J'ai cru comprendre que ma part de Franc-Tireur vous intéressait ?

— En effet. Les entreprises Scarlet sont en pleine croissance et nous sommes donc intéressés par l'expansion de nos casinos dans d'autres branches du divertissement.

Dakota resta parfaitement immobile. Ce type venait du Scarlet Palace ?

— Je vois.

Elle fit de son mieux pour ne pas s'agiter sur son siège. C'était forcément une coïncidence, pas vrai ?

Mais, merde. Le regard de Schiller était glacial, il ne clignait pas des yeux. Il était presque reptilien.

« Des types qui peuvent parfois lire en moi, je le jure », avait dit Dex.

Houlà. Maintenant, elle comprenait ce qu'il avait voulu dire.

— Franc-Tireur serait un superbe investissement, ajouta-t-elle rapidement. Désirez-vous faire un tour des lieux ou d'abord regarder les livres de comptes ?

— Les comptes, s'il vous plaît.

Elle sortit le premier de plusieurs graphiques qu'elle avait préparés plus tôt dans la journée.

— Comme vous pouvez le voir, les affaires ont progressé régulièrement, en particulier ces derniers mois...

— Depuis que vous avez rejoint l'établissement, de ce que je comprends.

Il afficha un sourire de requin qui la prit par surprise.

— J'ai fait mes devoirs, ma chère.

Sa nervosité était déjà bien élevée. Maintenant, son ventre s'y mettait, la rendant malade. Que savait-il d'autre ?

Elle cliqua sur son écran, affichant une nouvelle ligne à son graphique. Elle ferait n'importe quoi pour le focaliser sur les affaires et pas sur elle.

— Cette ligne montre la marge de profit moyenne dans cette industrie, et celle au-dessus, c'est la marge de Franc-Tireur. Et sur la page suivante, vous verrez nos investissements en capital et nos dépenses...

Schiller garda les yeux sur elle, pas du tout intéressé. Et, rah. Son regard ne cessait de se poser sur son cou. Ou était-ce sur sa jugulaire qui battait ?

Elle se secoua un peu. Seigneur, elle pourrait tuer Wayne pour lui avoir mis ces images de vampires dans la tête.

Elle se dépêcha ensuite d'afficher les données démographiques et les flux de revenus.

— Nous cherchons spécifiquement à diversifier ces deux points. Nos packs *Jeunes Mariés* et *Sayonara, Baby* en sont des bels exemples et connaissent un fort succès.

— Et qu'avez-vous prévu après exactement ? demanda Schiller en l'observant de près.

Dakota empoigna ses accoudoirs, s'assurant qu'il parlait de son activité et non pas de Dex, son million et sa fuite de Vegas.

— Des séances de formation, déjà... réorganisées en petits modules visant une base de clients de passage. On travaille sur des avantages VIP ainsi que des partenaires stratégiques.

— Tels que nous, fit-il remarquer.

Il faudra me passer sur le corps, faillit-elle répliquer, mais pourquoi le tenter ?

— Exactement.

Elle se força à sourire. Il n'y avait rien de naturel, mais tant pis. Schiller n'était pas très naturel non plus.

— Cependant, un point sur lequel nous ne nous économisons pas, c'est la sécurité.

— Tout comme dans un casino, dit-il de cette voix envoûtante qui donnait l'impression qu'il savait quelque chose. Je peux vous assurer que nous sommes très minutieux.

— J'imagine que vous l'êtes, oui, répondit-elle avec un sourire tellement faux qu'elle en avait mal aux joues.

Elle finit par se lever.

— Et si je vous faisais visiter les lieux.

Schiller ne semblait pas particulièrement intéressé, mais il joua le jeu.

Dakota sortit du bureau, croisant directement le garde du corps grand et costaud. Et merde. Elle aurait pu jurer voir ses narines se dilater sur son passage.

Merde, merde, merde. L'avait-il reconnue, ou était-ce sa paranoïa qui lui faisait imaginer le pire ?

Elle fila dans le couloir, montrant la gauche et la droite.

— Les dix pistes d'origine sont de ce côté, et au bout, nous en avons ajouté trois autres, privées.

Darell passait d'un enterrement de vie de garçon à l'autre, à en juger par le flux ininterrompu de mitrailleuses et d'acclamations.

— Bien sûr, nous faisons de notre mieux pour sensibiliser nos clients à la dangerosité des armes à feu, continua-t-elle.

Une idée qui se perdait parfois, et une autre pour laquelle il lui tardait de sortir de cette affaire dont elle n'avait jamais eu l'intention de faire partie. Ayant grandi dans un ranch, elle avait manipulé des armes toute sa vie... mais ne les avais jamais, *jamais* vues comme des jouets.

Les yeux de Schiller affichèrent une lueur malveillante.

— Eh bien, tout le monde a le droit de s'amuser un peu.

Les avertissements de Dex errèrent dans son esprit.

« Des types qui aiment tuer. Qui aiment le sang. »

Un couple de jeunes mariés émergea d'une autre piste, rayonnant de ravissement.

— C'était si drôle !!

Pour une fois, le sourire de Dakota était sincère.

— J'espère vous revoir.

Avec de la chance, pas pour le pack divorce.

Le couple joyeux la dépassa, partant dans l'autre sens. Quand Dakota jeta un regard en arrière pour vérifier que Schiller la suivait toujours, elle vit un de ses hommes renifler l'air alors que la jeune femme passait à côté de lui. Il ferma les yeux d'extase puis se lécha les lèvres, avant d'échanger un regard avec un de ses collègues.

Un regard qui disait qu'ils pariaient qu'elle avait bon goût.

Dakota en eut des démangeaisons. C'était comme Dex avait dit. « Comme Lucifer ressuscité. Comme... comme des créatures de la nuit. »

Comme des *vampires*.

Cette idée au fond de son esprit était en soi ridicule. Pourtant, elle se dépêcha de finir le tour des lieux et se dirigea vers le comptoir.

— Eh bien, vous avez vu le principal. Oh, et nous avons récemment obtenu une licence de débit de boissons pour le bar... Avec un service seulement après l'activité, bien sûr. Je peux vous offrir un verre ?

Les yeux de Schiller se rivèrent sur son cou.

— Oui, s'il vous plaît. Je suis assoiffé.

Elle serra les dents.

— Du vin ? Du whisky ? Du gin ?

Schiller sourit.

— Un Bloody Mary.

Elle lui lança son plus mauvais regard de princesse guerrière. En tant que Khloe Maxx, elle avait combattu deux aliens envahissant la planète et décapité les deux... C'était un bon personnage à canaliser en cet instant.

— Nous ne faisons pas de cocktails.

— Quel dommage, dit-il d'un ton monotone et effrayant.

Elle haussa les épaules.

— Je suppose que c'est quelque chose que vous pourrez instaurer si vous décidez d'acheter.

Tu pourras te faire tous les Bloody Mary que tu veux, mais pas tant que je serai là.

Son esprit s'emballa. Si Schiller achetait, elle devrait trouver un autre boulot à Wayne, juste au cas où. Elle se sentait obligée de le protéger. Darell, en revanche...

— Si nous décidons d'acheter, en effet, murmura Schiller en soutenant son regard bien trop longtemps.

Un chant distant et étrange se faufila jusqu'à ses oreilles et elle en eut le tournis. Tout le sang dans son corps sembla passer vers l'avant, faisant tambouriner son cœur.

Elle serra les poings. Houlà. Essayait-il de l'hypnotiser ?

Elle pensa à ce chien féroce que ses parents avaient et son cheval préféré, Buck. Elle pensa à son père, qui lui avait paru si grand et invincible quand elle était petite. Ensuite, elle imagine les *pueblos* indigènes bâtis haut sur les falaises de roche rouge. Toutes ces choses puissantes et impénétrables. Des choses qui lui semblaient sûres, des abris, des choses qu'il ne fallait pas chercher à menacer.

Schiller finit par reculer, ayant l'air légèrement contrarié.

Eh ouais, connard. Personne ne me malmène comme ça.

— Que prévoyez-vous après, mademoiselle Starr ? demanda-t-il. Une fois que vous aurez vendu boutique, je veux dire. Peut-être qu'un associé et vous pourriez...

Il agita une main dans l'air.

La gorge de Dakota devint aussi sèche que l'atmosphère du Nevada, et elle n'osa pas déglutir et croisa fermement les bras.

— Je ne vois pas trop en quoi cela vous concerne.

— Peut-être que vous avez l'intention d'ouvrir une boîte concurrente quelque part.

Elle faillit ricaner, manquant de lui dire qu'elle ne comptait aucunement de remettre les pieds à Vegas une fois partie.

Elle reprit toutefois un ton professionnel.

— Je serai ravie de signer une clause de non-concurrence, si cela vous rassure.

Il l'examina pendant une minute bien trop longue, puis se tourna vers la porte.

— Merci pour votre temps, mademoiselle Starr. C'était très instructif.

Seigneur, elle espérait qu'il parlait de son entreprise et non pas de sa vie personnelle.

— Je ferai un rapport à mes investisseurs et je vous recontacterai bientôt, conclut-il. Je vous le promets.

Elle serra les dents. Venait-il de la menacer ?

— J'attendrai avec impatience, mentit-elle en lui tenant la porte ouverte.

Se tenant avec défiance dans cet espace tourbillonnant où l'air frais artificiel de l'intérieur se mélangeait à la chaleur sèche du désert, elle les incita à partir, et vite.

— Bonne soirée, mademoiselle Starr. C'était un plaisir.

Elle grimaça, laissant la porte claquer. Elle s'appuya ensuite dessus et ferma les yeux. Bordel de merde. Wayne n'avait pas plaisanté sur le fait qu'ils étaient sacrément flippants. Et, *pfiou*. Pas étonnant que Dex ait tellement insisté sur le fait que ses patrons étaient mauvais jusqu'à la moelle.

Elle prit une profonde inspiration et retourna vers le bureau pour ranger. Même si c'était plutôt pour s'éclaircir les idées. Parce que, beurk. Cela avait beaucoup ressemblé à l'époque où on lui mettait le feu dans un costume spécial. Techniquement, pas si dangereux, mais très intense.

Vingt minutes plus tard, elle verrouilla son bureau et sortit. Wayne et Darell fermeraient les stands une fois leur service terminé. En ce qui la concernait, son travail était fini.

— Bye, dit-elle, même si aucun ne pouvait l'entendre.

Elle sortit et se glissa dans son pick-up, plus épuisée qu'elle ne l'avait été depuis longtemps.

Eh bien, elle savait comment remédier à ce problème. Une longue balade agréable en voiture dans le désert la nuit.

Franc-Tireur était en périphérie de la ville, donc il ne lui fallut pas longtemps pour laisser les lampadaires et la circulation derrière elle. Elle roula les fenêtres baissées, laissant le vent fouetter ses cheveux alors que ses phares divisaient le monde en deux portions nettes de nuit et de jour.

Elle poussa un long soupir. Eh bien, ce serait agréable de retrouver Dex.

Ils s'étaient mis d'accord pour se rejoindre sur le parking de Painted Rock, à vingt minutes de là. Elle se détendit petit à petit sur le trajet avec l'aide de ses titres favoris des Eagles qui tournaient dans le vieux lecteur de cassettes audio de la voiture.

Elle se mit à chanter, mais bordel, un orage couvait au loin vers les montagnes. Une de ces tempêtes du désert tourbillonnantes chargées d'énergie électrique qui clignotait et s'emportait.

Pourtant, ça lui irait aussi... Se pelotonner contre lui dans le pick-up pendant que l'orage faisait son show. Lui raconter sa rencontre avec Schiller. Peut-être même retourner en ville... en vitesse.

Empruntant la sortie du parc national, elle jeta un coup d'œil dans le rétroviseur. Avant de vérifier une deuxième fois. Trois gros SUV la suivaient, prenant aussi l'embranchement.

Trois groupes de visiteurs, à cette heure de la nuit ? Juste derrière elle ?

Elle se tourna pour regarder, puis chercha son portable. Mais le pick-up cahota sur une bosse et son téléphone rebondit hors de portée.

— Merde.

Quand le SUV derrière elle accéléra, elle évalua ses options. Les poursuites en voiture n'étaient pas sa spécialité... du moins pour la partie conduite. Et elle doutait que son pick-up puisse distancer ces SUV racés.

Pourtant, elle appuya sur le champignon, désespérée de trouver une échappatoire. Mais il n'y en avait pas, pas avec les rangées de rochers qui bordaient la route. Quand un des

SUV arriva juste à ses côtés, elle slaloma, lui refusant l'espace. Il réussit néanmoins à se faufiler lors d'un virage et freina en dérapant, lui bloquant le chemin.

Dakota pila brutalement. Le siège sauta sous ses fesses.

Pendant un instant, le désert fut une cacophonie de coups de freins, de portières, de hurlements. Et soudain, tout devint étrangement calme, et une seule voix se détacha.

— Mademoiselle Starr. Je crois que nous avons encore certaines choses à régler.

Elle le dévisagea. Schiller. Ce connard d'Igor Schiller, qui marchait vers elle comme le roi de la nuit.

Elle fit de son mieux pour se montrer insolente.

— Vous avez une offre à me faire ?

Le rire qu'il lâcha crissa comme du verre brisé.

— Nous pourrions dire cela, oui.

Chapitre 6

Dakota grommela et ouvrit les yeux. Du moins, elle essayait, mais ses paupières étaient trop lourdes. Des voix marmonnèrent tout autour d'elle, et la surface sur laquelle elle était couchée était froide et dure.

— Une nouvelle, hein ? murmura un homme.

— Ouais. On verra combien de temps elle tient, gloussa un autre.

Ça, elle le comprit, et les deux commentaires la firent grimacer... de simples échos du sexisme qu'elle avait affrontés sur tant de plateaux de tournage.

Sauf qu'elle n'était pas au milieu d'une scène. Elle était au milieu des problèmes, des vrais. Du genre qui mettait sa vie en danger.

Ses cheveux retombaient dans une de ses mains, molle et poussiéreuse. Quand elle agita les doigts, ses ongles grattèrent la pierre, et le parfum de l'urine pénétra ses narines. Elle n'était clairement plus dans le désert. Mais où était-elle alors ?

Dans des cachots. Ce fut la première idée qui atteignit son esprit embourbé. Un peu comme ceux dont elle s'était échappée dans *Knights of Doom*. Elle avait surtout fait des cascades à cheval dans celui-là, cependant la scène dans les cachots avait aussi été amusante. Ce qui était une pensée sacrément bizarre à avoir à ce moment, toutefois son cerveau faisait des associations étranges pour l'instant.

En ce qui concernait la réalité, la dernière chose dont elle se souvenait, c'était les larbins de Schiller qui se rapprochaient d'elle dans le désert avec leur odeur toxique. Après ça, pas grand-chose, sauf la sensation vague d'être transportée, abandonnée sur un siège arrière et conduite quelque part. Où, elle n'en savait rien, parce qu'elle avait comaté tout le trajet.

Elle entendit du métal frotter contre du métal. Une clef dans une serrure ? Des pas lourds dans des bottes suivirent au loin, la laissant dans un vide silencieux.

Un vide dans lequel elle flotta… plusieurs minutes ? Heures ? Avant d'essayer de rouvrir les yeux. Elle finit par réussir, même si son environnement était enveloppé par les ténèbres. Au loin, une lumière jaunâtre filtrait, et elle roula vers elle, réprimant un grognement. Seigneur, que sa tête lui tournait.

— Est-ce que ça va, miss ? murmura une voix plus douce.

Lentement, elle glissa ses mains et ses genoux sous son corps et chancela à quatre pattes.

— Ça va super, marmonna-t-elle.

L'homme, qui qu'il soit, pouffa.

Elle cligna des yeux et regarda autour d'elle. « Cachots » était un terme approprié. Ou plutôt, des cachots croisés avec des prisons occidentales ; le genre avec de longues rangées de cellules à barreaux. Il y avait d'autres cellules en face de la sienne, un long couloir les séparant. La seule lumière venait du bout de l'allée, et on entendait des voix au loin. Des gardes ?

Lentement, elle se releva sur ses pieds chancelants, se retenant aux barreaux.

— C'est un bon moyen de perdre une main, chérie, l'avertit son voisin en tapotant.

Quand elle s'écarta, il éclata de rire.

— Oh, je ne te ferai pas de mal. Mais Crocs Noirs là-bas, oui.

Il désigna la cellule en face d'elle. Un grognement s'éleva dans l'obscurité. Quelque chose de gros et de poilu bougea, et des dents longues et ivoire apparurent dans la faible lumière.

Dakota se figea. Était-ce un ours ? Un énorme sanglier ?

— Couché ! aboya-t-elle d'un ton posé qui fonctionnait sur les chiens féroces.

Le grognement se tut brutalement, suivi par un gémissement confus. Soudain, la bête, quoi qu'elle soit, soupira, s'assit sur son arrière-train et se gratta l'oreille avec une patte arrière.

Dakota se détourna lentement, gardant ses bras levés pour maintenir son équilibre. Elle reprenait petit à petit ses sens, même si c'était difficile de voir dans le noir. Quelque part à gauche, elle discernait des acclamations étouffées, ainsi que le bruit métallique de l'acier qu'on frottait.

— Quel est cet endroit ?

— Les fosses, chérie, répondit l'homme dans la cellule à côté. Nous sommes cinq étages en dessous du Scarlet Palace.

— Les fosses ?

— Une arène de combats, comme le Colisée. Tu ne connais pas ? C'est dirigé par Schiller et ses larbins suceurs de sang.

Les paroles de l'homme résonnèrent comme une alarme et Dakota jeta un œil, s'ajustant petit à petit à la faible lumière. Il était grand, mince, tout comme Schiller et ses hommes. Mais contrairement à eux, il était totalement vêtu de blanc, même s'il était recouvert de poussière.

— Attendez. Vous êtes le type qui manifestait, n'est-ce pas ?

Il sourit et fit une révérence exagérée.

— Alon Edgar, à votre service.

Elle hésita, puis répondit.

— Dakota Starr.

Il écarquilla les yeux.

— Dakota Starr ? *La* Dakota Starr ?

Elle faillit gronder. Le cinéphile moyen n'avait aucune idée de son identité, cependant les passionnés comme Wayne, et visiblement ce type, Alon, semblaient suivre ce qu'il se passait dans le monde des cascadeurs.

— Oh, mon Dieu. Je suis un vrai fan. J'aime tout votre travail, mais la princesse guerrière Khloe Maxx...

Il mima un coup d'épée imaginaire.

— « Reculez, enfoirés ! »

— Oui, eh bien... merci.

Elle dissimula un soupir, puis testa les barreaux en les secouant vivement. Ils ne bougèrent pas, ce qui aurait pu être une bonne chose étant donné la bête poilue qui se tapissait à gauche.

— C'est quoi cet endroit ? Et la police n'est au courant de rien ?

— La police ne veut pas être au courant, chérie. Et si c'était le cas, ils partiraient en courant, comme la majorité des humains.

— Humains ? Contrairement aux... ?

Alon haussa les épaules.

— Aux vampires, évidemment.

Quand il capta son expression, il agita la main.

— Je sais, je sais, tu ne me crois pas. Et dans le monde humain, ça n'aurait pas d'importance. Sauf que si tu veux survivre ici, tu dois connaître la vérité. C'est une nécessité.

Elle se tourna, se concentrant sur la lumière au bout du couloir. Clairement, Alon avait perdu la tête. Et elle n'avait pas de temps à perdre. D'une façon ou d'une autre, elle devait s'échapper de là.

— Écoute, chérie, siffla-t-il. Regarde-moi.

Elle jeta un œil au couloir.

— Pas maintenant.

— Regarde-moi, insista-t-il.

Cette fois, ces mots étaient mal articulés, comme si quelque chose clochait avec sa bouche.

Dakota se figea sur place quand ses canines s'allongèrent et que ses iris devinrent rouges.

— Qu'est-ce que... ?

— Tu vois ? zozota Alon en tournant sa tête d'un côté et de l'autre pour qu'elle puisse mieux voir. Sérieux, c'est dur de parler avec ces trucs.

Il marmonna et rétracta ses canines.

Dakota resta paralysée. C'était forcément un tour de passe-passe, pas vrai ?

Et puis, elle se souvint de la manifestation qui l'avait aidée à s'échapper en toute discrétion du Scarlet Palace le jour où elle avait retrouvé Dex. De ce que les protestants criaient.

« Stop aux suceurs de sang ! »

Elle s'immobilisa. C'était au sens littéral ?

— Ne t'inquiète pas, reprit Alon en chassant le rouge de ses yeux. Contrairement aux barbares rétrogrades qui dirigent cet endroit, je ne bois pas de sang.

Elle n'était toujours pas certaine de le croire et continua à le faire parler.

— Vraiment ?

— Bien évidemment. Qui sait les saloperies qu'on peut trouver dans le sang humain ?

Elle y réfléchit une seconde. Peut-être qu'il n'avait pas tort.

— Je suis végan depuis trois ans, et je ne me suis jamais senti aussi bien. Regarde-moi !

Il se montra sous tous les côtés comme pour exhiber sa nouvelle et merveilleuse silhouette.

— Je me sens mieux, j'ai meilleure mine. J'ai plus d'énergie. Et surtout, je dors à poings fermés la nuit.

Dakota cligna des yeux. Un vampire végan,

— Que buvez-vous alors ?

— Oh, tu sais... Du gaspacho, du jus de betterave, du jus de tomate... et des substituts à base de soja, bien sûr. C'est merveilleux tout ce que tu peux faire avec du soja, ces jours-ci. En fait, il y a un super endroit sur Fremont Street...

Il s'emballa avant de pousser un soupir.

— Je jure, si je m'en sors vivant, c'est le premier endroit où j'irai.

Dakota fit la grimace. La première chose qu'elle ferait, ce serait de se tirer d'ici. Vampires ou pas, elle en avait assez de Vegas.

Un poids s'abattit dans son ventre. Et Dex ? Où était-il ? Comment allait-il ?

La créature à côté secoua sa fourrure et commença à arpenter sa cellule, comme plusieurs autres détenus. Certains étaient humains, d'autres animaux, et d'autres encore...

Elle regarda le prisonnier juste en face. Une seconde. N'avait-il pas été humain un peu plus tôt ? Maintenant, elle ne voyait qu'un loup. Il était assis et levait son museau dans un hurlement plaintif.

Quelqu'un balança une gamelle en acier.

— Ferme-la, John.

Dakota fronça les sourcils. Un loup qui s'appelait John ?

— Métamorphe, expliqua Alon avec un autre soupir triste. Maintenant que tu es là, autant que tu saches.

— Métamorphe.

Sa voix était neutre et posée, contrairement à ses nerfs.

Alon hocha la tête.

— Tu sais, comme un loup-garou, précisa-t-il avant de s'illuminer. As-tu déjà fait un film de loups-garous ?

Elle secoua la tête.

— Dommage, se renfrogna-t-il. Mais bon, Hollywood les représente souvent mal. Je dois dire que *La Résurrection de Spartacus* était bourré de stéréotypes. Je veux dire, sérieux... Les capes, c'était n'importe quoi, même pour un film d'époque.

Il leva les mains.

— J'ai quand même apprécié ton passage. Cosima Candell sait clairement botter les fesses.

Dakota leva les yeux au ciel et marmonna sa réplique habituelle.

— Je ne fais que les cascades.

— Mais c'était les meilleurs passages, chérie.

Elle soupira. C'était vrai pour la plupart des films qu'elle avait faits.

Alon poursuivit ses délires sur les vampires et les métamorphes un moment, décrivant tout un monde parallèle dont les humains ignoraient l'existence. Apparemment, la plupart des espèces restaient dans leur coin, mais certaines se mélangeaient.

— Ma cousine Melody s'est tirée avec un métamorphe dragon. Ses parents continuent de dire que c'était une énorme erreur, mais je dois avouer qu'il va leur falloir vivre avec leur temps...

Alon radota sur les vampires, les ours-garous et les gargouilles. Les gargouilles ! Il était en train d'enchaîner des inepties au sujet d'une meute de loups qui courait non loin du casino quand la lumière au bout du couloir vacilla.

Dakota se pressa contre l'avant de sa cellule, essayant de discerner qui, ou ce qui arrivait.

— Par-là, murmura une des deux silhouettes dans la lumière.

Tous les hommes et bêtes autour de Dakota se relevèrent, et une vague d'agitation saisit les cachots. Certaines grognaient alors que d'autres marmonnaient.

— Chut. N'attirez pas les gardes.

Ce qui suggérait que les deux hommes qui arrivaient n'en étaient pas. Leurs regards furtifs renforçaient cette impression ainsi que leur pas rapide.

— Dakota ? murmura quelqu'un.

Chaque terminaison nerveuse de son corps se tendit, puis se réchauffa.

— Dex ? Dex ! s'exclama-t-elle quand il apparut dans la lumière.

Il saisit ses mains à travers les barreaux de la cellule et se rapprocha.

— Est-ce que tu vas bien ? Pitié, dis-moi que tu vas bien.

La créature à la gauche de Dakota grogna et tapa les barreaux, cependant un grondement dur et autoritaire de Dex la fit reculer au fond de sa cellule.

— Je vais bien. Je ne sais pas du tout ce qu'il se passe, mais je vais bien.

Elle serra alors le poing.

— Je pourrais tuer Schiller, par contre.

Dex ricana.

— Moi d'abord.

Il embrassa ses mains et prit sa joue en coupe. Il se tourna ensuite vers l'homme plus petit à ses côtés.

— Vite, Bob. Fais-la sortir.

Bob batailla avec un trousseau plus gros qu'un frisbee. Les clefs tintèrent et se cognèrent contre les barreaux, faisant grimacer Dex.

— En silence !

Les prisonniers s'agitèrent de plus en plus, et l'un d'eux siffla.

— Attention !

Les portes au bout du couloir s'ouvrirent, inondant la salle de lumière.

— Merde.

Dex tourna les talons et leva les poings, prêt à se battre. Bob poussa un cri, lâcha les clefs et se ratatina. Littéralement. Il se voûta, rétrécit encore et encore jusqu'à ce qu'il ne reste qu'une pile de vêtements. Juste après, un tout petit animal à piquants émergea ; un hérisson, qui partit se mettre en sécurité dans l'obscurité.

— Tu vois ? dit Alon, sans vraiment aider. Métamorphe.

Dakota ne comprenait pas ce qu'il venait de se passer, cependant elle reconnaissait les ennuis quand elle les voyait. Elle tapota Dex.

— Va-t'en. Sauve-toi.

— Hors de question. C'est moi qui t'ai mêlée à ça. Je vais te faire sortir.

Quatre gardes baraqués foncèrent sur lui, et elle cria :

— Tu dois t'en aller !

Il ne cilla pas, se contentant de la regarder de ses yeux sombres et expressifs.

— Je t'aime, Dakota. Peu importe ce qui va arriver, s'il te plaît, souviens-toi de ça. S'il te plaît.

Elle n'aimait pas du tout son ton effrayant de gentleman sur le point de se sacrifier à bord du Titanic et s'agita contre les barreaux.

— Non, Dex. Va-t'en ! S'il te plaît !

Mais il n'en fit rien. Il montra les dents alors que les gardes approchaient et poussa un grognement terrifiant. Un vrai grognement.

— Dex..., murmura-t-elle avec désespoir.

Elle resta alors bouche bée, parce que son corps commença à se transformer. Il se cambra et ses ongles poussèrent pour devenir des griffes. Sa chemise se déchira au milieu de son dos et...

Dakota vit la peau ébène de son amant disparaître sous une fourrure noir de jais.

Alon siffla.

— Une panthère noire. Je n'en ai pas vu depuis un moment.

Dakota resta bouche bée. Une panthère ?

Elle sursauta en arrière alors que le félin et les gardes se lancèrent dans un combat vicieux, provoquant des acclamations des prisonniers. La plupart semblaient du côté de Dex, cependant leurs cris assoiffés de sang retournèrent le ventre de Dakota.

— Attends de voir les fosses, marmonna Alon en lisant dans son esprit.

Elle ne préférait pas. Mais aurait-elle le choix ?

D'autres gardes arrivèrent. Certains humains, armés de piques ou de filets, et des bêtes, dont des loups et des ours. Malgré toute sa férocité, Dex était en sous-nombre et...

— La porte ! hurla quelqu'un.

Un des gardes prit le trousseau tombé par terre et ouvrit la cellule de Dakota. Si elle avait eu l'esprit clair, elle en aurait profité pour filer, cependant tout ce qu'elle pouvait faire, c'était regarder. Le groupe de gardes força la panthère feulant et griffant à battre en retraite dans sa cellule. Ils claquèrent ensuite la porte et verrouillèrent.

L'animal se défoula sur les barreaux alors que les gardiens reculèrent vivement, haletant.

— Eh bien, merde, mec. Il me tarde de le voir dans l'arène, marmonna quelqu'un.

Un des gardes serra son épaule ensanglantée. Les portes se refermèrent derrière eux et une bonne partie des lumières furent éteintes ; un silence prudent s'abattit sur la prison.

Quand la panthère avait été forcée à entrer dans sa cellule, Dakota s'était aplatie contre le mur du fond. Maintenant, alors que l'animal faisait les cent pas, elle se rapprocha.

— Dex ? retentit sa voix vacillante dans la salle presque silencieuse.

Quand la panthère se tourna, les yeux sombres qui croisèrent les siens lui étaient familiers. Intimement.

Elle s'accroupit, tendant une main tremblante.

— Dex, c'est vraiment toi ?

Chapitre 7

Dex avança d'un pas prudent vers Dakota, avant d'en faire un autre. Seigneur, on y était. Le moment « Ça passe ou ça casse » où elle allait accepter ou rejeter son côté métamorphe. Il s'accroupit, se faisant aussi petit que possible, cependant sa queue ne cessait de fouetter l'air avec espoir et ses moustaches tressaillaient.

Arrête ça, ordonna-t-il à son côté félin.

Chuuut, souffla sa panthère d'un air songeur alors que Dakota tendait la main.

Dès qu'elle lui toucha la tête, son cœur tambourina plus fort. Et quand elle commença à gratter doucement ses oreilles...

C'est si bon.

Sa panthère ferma les yeux pour savourer son odeur.

Oui, c'était bon. Tellement qu'il oublia presque où il était et pourquoi.

Mais elle murmura son nom, et tout lui revint d'un coup.

Cachots. Cellule. Sous-sols.

Il tourna la tête d'un côté et de l'autre, se servant de ses sens accrus de métamorphes pour étudier son environnement. La cellule à gauche avait l'odeur musquée et humide d'un sanglier. Un énorme, sauvage, plus animal qu'humain. Le type à leur droite n'avait aucune odeur, en revanche. Dex montra les crocs et gronda. Un vampire. Dommage que ce n'était pas Schiller, sous les verrous comme il le méritait.

Quelque part plus loin se trouvaient un ours en colère, deux loups amers et au moins un métamorphe rhinocéros. Certains étaient sous forme animale, d'autres étaient humains, comme le métamorphe oryctérope aux yeux perçants de l'autre côté. Aucune trace de Bob, qui avait rétréci juste à temps. C'était déjà ça... en espérant qu'il trouve de l'aide à l'extérieur.

Mais, bon sang. Dehors signifiait hors de la prison qui se situait à l'intérieur du complexe lui-même, sous le Scarlet Palace. Comment en étaient-ils arrivés là ?

Il remua la queue encore une fois sous l'énervement et se transforma, retrouvant lentement ses pieds.

— Dakota, murmura-t-il d'une voix éraillée sous les dernières traces de son côté félin.

Elle écarquilla les yeux et sa voix était un peu tremblante, cependant elle croisa les bras avec son habituelle insolence.

— Eh bien, tu as beaucoup de choses à expliquer.

Il inclina la tête. Oui, en effet.

Elle se renfrogna.

— Attends. Comment ça marche tout ça ? Recommence.

Si elle avait été n'importe qui d'autre sur Terre, il aurait refusé. Il n'était pas un cheval de cirque entraîné pour faire des tours.

T'as un problème avec les chevaux de cirque ? lança une voix profonde dans son esprit.

Elle provenait du cheval Clydesdale quelques cellules plus loin.

L'ignorant, Dex contracta ses doigts et relâcha sa panthère de nouveau. Lentement, douloureusement, pour que Dakota puisse voir qu'il ne s'agissait pas d'un effet de lumière. Juste lui, passant d'un corps à l'autre. De retour en panthère, il tourna en rond, la laissant l'observer.

Le cheval ricana.

Qui est l'animal de cirque, maintenant, connard ?

Dex faillit feuler en retour, cependant il ne voulait pas inquiéter Dakota. En plus, il y avait une certaine satisfaction à dévoiler sa seconde nature à sa compagne.

Je crois qu'elle m'aime bien, chantonna sa panthère.

Purée, il l'espérait bien. Lentement, il reprit sa forme humaine et se dressa sur ses pieds.

Dakota cligna des yeux quelques fois.

— Comment ça fonctionne ?

Il haussa les épaules.

— Je n'y ai jamais vraiment réfléchi. C'est juste comme ça.

Pendant un moment, elle se calma sous l'émerveillement, mais elle recroisa rapidement les bras.

— Et tu comptais m'en parler... quand ?

Euh, jamais ? Bientôt ? Franchement, il ne savait pas quoi répondre, parce qu'il était en train d'improviser, comme d'habitude.

— Je voulais te le dire, mais je n'ai jamais eu l'occasion.

Dakota secoua la tête, furieuse.

— Bordel, Dex. On couche ensemble depuis six semaines, et tu n'as jamais trouvé de moment ?

Toutes les têtes de la longue rangée se tournèrent.

— Sérieux, mec ? Six semaines ? le réprimanda le vampire dans la cellule d'à côté.

— À quoi tu pensais ? lança l'ours qui était un peu plus loin.

Il pensait à... euh... ben...

Il montra les dents et tempêta dans leurs esprits.

Fermez-la !

La salle se tut alors que Dakota rougissait. Elle se renfrogna quand elle leva les yeux au ciel puis vers les autres cellules.

— Attends. Est-ce que... tu leur parlais ?

Il grimaça.

— Pas exactement.

Elle mit une main sur la hanche. Seigneur, qu'elle était magnifique quand elle était en colère.

— Pas exactement ?

Bordel. Tout s'écroulait, et vite.

— On peut communiquer par la pensée.

Elle regarda autour d'elle, clairement pas amusée par la situation.

— Donc, tu veux bien discuter avec ces abrutis, mais avec moi, tu n'as jamais eu le temps ? Je parle d'une vraie conversation.

— Ce n'est pas une manière de reconquérir ta femme, commenta le vampire.

Cette fois, Dex et Dakota se tournèrent vers lui.

— La ferme !

Elle le regarda ensuite, plus rouge que jamais.

— D'autres secrets que tu comptais me cacher ?

— Aucun ! Je veux dire…

Elle leva le menton et ses narines se dilatèrent.

— Oui ?

Waouh. Elle était vraiment quelque chose quand elle était énervée. Comme au lit, après avoir enlevé la couche extérieure de self-control.

Elle tapota du pied avec impatience et aboya.

— Allez ! Et pas de connerie. Pas de secrets.

La paille sur le sol des autres cellules bruissa alors que tout le monde se rapprochait.

Dakota leva alors les mains et grimaça.

— Non, attends. Enfile quelque chose, pour l'amour du ciel.

Oups. Il avait oublié que ses vêtements s'étaient déchirés durant sa transformation. Heureusement, un codétenu eut pitié de lui et lui lança un pantalon à travers les barreaux de la cellule.

— Merci, marmonna Dex en le mettant.

Son côté panthère était triste. Dakota l'avait vu nu plein de fois, et inversement. Mais ces moments tendres et privés semblaient remonter à bien longtemps, maintenant.

Il se rapprocha, baissant la voix.

— D'accord, pas de secrets.

Son esprit s'emballait, se demandant par où commencer.

— Euh… Déjà, je ne m'appelle pas vraiment Dex.

Les yeux de Dakota s'illuminèrent.

— Non ? Quoi, alors ? Georges ? Henry ? Roger ?

— Roger ?! protesta-t-il.

Elle s'agita, l'incitant à continuer.

Il regarda autour de lui, puis murmura. Elle inclina la tête.

— Quoi ?

Il soupira. Personne en dehors de sa famille ne connaissait son vrai nom. Personne.

— Qu'est-ce que vous avez tous à nous mater ? marmonna-t-il.

Tout le monde se détourna… sauf l'oryctérope. Dex lança un caillou vers ce con avant de se pencher plus près de Dakota, chuchotant pour qu'elle soit la seule à entendre.

Ou peut-être qu'elle ne pouvait pas, parce qu'elle mit une main en coupe à son oreille.

— De quoi ?

Elle leva les bras au ciel.

— Bordel, Dex, c'est comme ça que tu communiques ?

Il serra les dents et beugla.

— C'est Poindexter, d'accord ?

Le vampire derrière elle afficha un rictus et quelqu'un dans l'obscurité se mit à glousser. Merde. Même s'il survivait aux fosses, il n'allait jamais pouvoir s'en débarrasser maintenant.

— Oh. D'accord. Quoi d'autre ?

Elle disait ça comme si ce n'était pas suffisant. Ne savait-elle que c'était personnel pour lui ?

Non, fit remarquer sa panthère. *Elle ne sait pas parce que tu ne lui dis jamais rien.*

Il fit la moue. Ses deux plus gros secrets en une seule journée, et elle voulait plus ?

Soudain, il se rappela quel autre secret il avait. Celui qu'il devait vraiment lui révéler maintenant qu'il se mettait à nu. Mais, bordel. Cette histoire de compagnons prédestinés était la pire chose à expliquer.

— Il y a encore une chose, murmura-t-il, espérant à moitié qu'elle n'entende pas.

Elle l'observa avec prudence.

— Tu es gay ?

Des oreilles se dressèrent dans toutes les cellules.

— Non !

Les coins de sa bouche se relevèrent en un sourire amusé.

— D'accord, M. Susceptible. Quoi, alors ?

Tu es ma compagne. Il se répétait les mots dans son esprit, se demandant ce qu'elle dirait.

— Je ne suis pas sûr que tu veuilles savoir, avoua-t-il enfin.

Elle soupira, s'appuyant contre le mur de pierre.

— Tu as raison. Je n'en suis plus si sûre.

Pendant un moment, le silence s'abattit sur la pièce. Soudain, elle se tourna vers l'oryctérope.

— Penses-tu que je veux savoir ?

Le regard de l'oryctérope se posa sur eux deux et il haussa les épaules.

— C'est difficile à dire. Moins on en sait, mieux on se porte. Mais qui a savoir, a le pouvoir.

Dex lui jeta un autre caillou.

— Tu n'es pas censé écouter, mec.

L'oryctérope détala dans le coin le plus éloigné de sa cellule. Un silence chargé de tension emplit toute la salle alors que Dakota réfléchissait à son conseil.

— OK, dis-moi, murmura-t-elle enfin.

— Tu es sûre ?

Elle serra les dents.

— Non, pas du tout. Mais dis-moi quand même.

Il prit une profonde inspiration.

— Tu es ma... ma...

Elle l'incita à parler en agitant la main.

— Ma...

Juste à ce moment, les portes du fond s'ouvrirent de nouveau et plusieurs grandes silhouettes avancèrent dans le couloir.

Dex s'approcha. Si ces brutes comptaient le séparer de Dakota, ils ne savaient pas ce qui allait leur tomber dessus.

Mais ce n'était pas de simples brutes qui firent reculer tout le monde dans les ombres des cellules. C'était le grand patron lui-même.

— Eh bien, eh bien, dit Igor Schiller en rivant ses yeux sur lui, puis sur Dakota. M. Davitt et Melle Starr, heureux et réunis au Scarlet Palace.

— Plutôt dans les *entrailles* du Scarlet Palace, marmonna Dakota.

— C'est bien dommage que vos quartiers ne vous plaisent pas. Je crains que ce soit ce qui se passe quand on arrive sans prévenir.

Ses yeux brillèrent de rouge et Dex résista à lui rendre son regard. Défier Schiller signifiait qu'il ne pariait pas qu'avec sa vie, mais aussi celle de Dakota. Il sortit donc le seul atout qu'il avait en poche, dans le vain espoir de passer un marché.

— Laisse-la partir et je rendrai l'argent.

— Ah, oui, dit-il en soupirant. L'argent volé.

— Pas volé. Il a été obtenu dans les règles.

Schiller ricana.

— Peut-être selon les règles du black jack. Mais selon les règles de l'entreprise...

Son ton devint plus grave et menaçant.

Dex empoigna les barreaux de la cellule, insinuant qu'il ferait de même avec son cou s'il en avait l'occasion.

— Vous voulez savoir où est l'argent ou pas ? Sans moi, vous ne le retrouverez pas.

Schiller haussa les épaules.

— Nous avons déjà beaucoup d'argent. C'est notre fierté que tu as volée.

— Ta fierté ? intervint le vampire dans la cellule d'à côté. Comment peux-tu parler de fierté, minable suceur de sang ? Tu es la honte de tous les vampires. Ne sais-tu pas que les temps ont changé ?

Schiller se tourna lentement vers lui.

— C'est toi, Alon, la honte de notre espèce. Mais ne t'inquiète pas, j'ai des plans pour toi.

Il se tourna ensuite pour examiner Dex et Dakota. Si silencieusement et si longtemps que Dex en eut des frissons. Qu'avait-il en tête ?

Quelque chose d'horrible, à en juger sa façon de se lécher les lèvres avec lenteur.

— Heureusement, M. Davitt et Melle Starr ont choisi de nous rendre visite à un moment des plus opportuns. Il se trouve que j'attends d'importants invités, pour lesquels je dois organiser un vrai festin.

Il se pencha en souriant.

— Un festin très particulier.

Le ventre de Dex se retourna. Il avait entendu parler de ces « festins » que Schiller préparait pour ses clients VIP. Des évènements avec plusieurs spécialités qui comprenaient des mets délicats que les vampires goûtaient comme lors d'une dégustation de vin. Le sang d'une vierge, frais, pris à la veine. Des buffets entiers d'animaux aux saveurs exotiques, de la girafe à la gazelle. Le plat principal était réservé au sang de métamorphe, culminant avec le plus rare des rares : des gouttes de sang de licorne ou de dragon importés, et qui selon la rumeur coûteraient des centaines de milliers de dollars.

Certains des « donneurs » survivaient, mais d'autres non. Les histoires étaient si gore et si atroces que Dex ne les avait pas souvent crues. Maintenant, il n'en était plus aussi sûr.

Alon ricana bruyamment.

— Quel gâchis.

Schiller agita la main, blasé.

— Tu n'es pas vraiment assez qualifié pour en juger.

— Peut-être pas, mais je sais voir quand on passe à côté d'une opportunité professionnelle.

Alon lui tourna brutalement le dos.

Schiller se renfrogna et ses yeux se posèrent sur Alon.

— Vas-y, marmonna ce dernier. Loupe ta seule occasion de raviver l'intérêt déclinant pour les fosses...

Le regard de Schiller s'assombrit alors qu'il se tournait vers un de ses hommes. Dex le reconnut comme étant Bernie, le gérant des divertissements du Scarlet Palace. Quand Schiller leva vivement un sourcil, l'homme traîna nerveusement un pied dans la poussière.

— Nous connaissons une petite baisse temporaire des revenus. Mais c'est parfaitement normal, monsieur.

Alon ricana.

— Chaque ville surnaturelle sait que c'est au casino Lone Wolf que les choses se passent ces jours-ci, avec leur nouveau spectacle de sirène.

Schiller leva la main.

— Des fausses sirènes. N'importe quel vampire peut le dire en reniflant. Je ne comprends pas comment les gens peuvent se faire avoir.

— Le fait est qu'ils y vont quand même, nota Alon.

Schiller y réfléchit, puis lança un regard glacial à Bernie.

— Ne vous inquiétez pas, monsieur, s'empressa d'ajouter le gérant. Nous avons un nouveau spectacle palpitant de prévu.

Le visage de Schiller se crispa.

— Palpitant comment ?

— Laissez-moi deviner, dit Alon avant de bâiller. D'autres combats de gladiateurs. Si dépassé.

Bernie secoua rapidement la tête.

— Quelque chose de plus grand encore. De mieux. De totalement nouveau...

Schiller agita la main et le gérant déglutit, se pencha et murmura. Dex ne put entendre ce qu'il disait, mis à part pour sa promesse finale.

— La mort à tous les tournants.

Schiller afficha un sourire ravi.

— Là, vous voyez ?

Dex serra les dents. Non, il ne voyait pas.

Alon n'avait pas l'air convaincu.

— Et qui va tenir assez longtemps pour garantir un tel spectacle ?

Il désigna les autres cellules.

— Le rhino long à la détente ? Ou le sanglier vieillissant ?

Ce dernier gronda alors que le rhinocéros grommela.

— Long à la détente ? Selon qui ?

— Tu as besoin de matchs serrés, dit Alon. De fuites à se faire dresser les cheveux sur la tête ! Du sang qui coule ! Et ces deux-là, je le crois, sont juste ce dont tu as besoin.

Il désigna Dex et Dakota.

Dex lui jeta un regard meurtrier.

Parle pour toi, connard.

Mais Schiller tapota ses lèvres pâles, les examinant d'une tout autre manière.

— Je dois admettre qu'il y a du potentiel, murmura Schiller.

Dex serra les dents. Le potentiel de tuer son grand amour... et lui avec ?

Schiller se renfrogna.

— Néanmoins, il y a la question de mon festin.

— C'est bien mieux qu'un festin, l'interrompit Alon. Et quel message tu enverrais ? La panthère qui pensait te voler un million de dollars et qui paie le prix ultime.

Dex donna un coup de pied dans les barreaux.

— Tu ne nous aides pas, connard !

Il marqua alors un temps d'arrêt ; Alon venait de lui faire un clin d'œil. Comme pour lui demander de lui faire confiance, qu'il avait un plan.

Dex fronça les sourcils. Le plan d'un vampire n'était pas une chose sur laquelle il fallait miser sa vie.

Schiller se caressa lentement le menton.

— Je suppose que cela possède un certain mérite.

— Un mérite ? ricana Alon. Les festins, c'est bien joli, mais un bon combat pour amasser des millions. Des millions. Dis-lui, Bernie.

— Des millions, monsieur, approuva ce dernier. En particulier si vous comptez les tickets, les concessions, le merchandising...

Dakota regarda Dex.

— Le merchandising ? articula-t-elle silencieusement.

Dex fronça les sourcils. Parlaient-ils de figurines que les gens pourraient démembrer et réassembler pendant des heures pour le plaisir du sang ?

Alon hocha la tête avec enthousiasme.

— Bon plan.

Bernie rayonna.

— Bien sûr, si vous voulez un vrai spectacle, il vous faudra bien traiter vos combattants.

Alon donna un coup de pied dans la paille avec dédain.

— Comment espérer que qui que ce soit se batte correctement en vivant dans de telles conditions ?

— Les conditions sont parfaitement adéquates, renifla Schiller.

Alon ricana.

— Et c'est aussi adéquat de rester toujours deuxième après Lone Wolf.

Schiller serra les poings et ses joues pâles rosirent légèrement.

— Nous ne serons jamais deuxièmes après ces maudits loups ! dit-il avant de poser ses yeux rouges sur Bernie.

Le gérant du divertissement bondit en arrière.

— Monsieur ?

Schiller leva un sourcil, maintenant un silence effrayant.

Bernie déglutit.

— Eh bien, nos dernières vedettes ont duré des mois quand nous leur avons accordé quelques avantages.

— Des avantages ?

Bernie hocha la tête.

— Une suite-cellule premium, des repas d'en haut...

Alon hocha la tête.

— Kyrill a été votre tête d'affiche pendant des semaines, n'est-ce pas ? dit-il avant de soupirer. Oh, la belle époque. La situation ne fait que se dégrader depuis.

Dex fit une grimace. Kyrill aurait probablement été d'accord, en particulier le jour où il avait finalement trouvé la mort dans les fosses.

Mais Alon avait toujours ce regard qui lui disait de le suivre, que son plan allait fonctionner.

Schiller réfléchit encore un peu, puis claqua des doigts.

— Gardes, transférez ces deux-là dans la cellule premium.

Il afficha ensuite un sourire cruel.

— Profitez de votre logement, monsieur Davitt, mademoiselle Starr. Ou devrais-je dire, tant que vous le pouvez.

Sans rien ajouter, il fit volte-face et marcha vers la sortie. Quelques minutes plus tard, Dex et Dakota furent forcés de quitter leur cellule et de traverser l'allée centrale. Des dizaines d'yeux les suivirent, certains chargés de jalousie et d'autres de pitié.

— T'es dingo, mec, marmonna un des gardes à Dex. Pourquoi n'as-tu pas juste fui avec l'argent ?

La réponse évidente était qu'il aurait préféré, mais non, ce n'était pas vrai.

Il observa Dakota qui avançait à ses côtés, puis murmura, sans la quitter des yeux.

— Parce que je l'aime. C'est aussi simple que ça. Je l'aimerai jusqu'à la fin de mes jours.

Chapitre 8

Quand la porte claqua derrière Dakota, elle déglutit. Pas tellement au son du lourd verrou qui se fermait, mais plus au sujet de ce que Dex avait dit.

« Je l'aimerai jusqu'à la fin de mes jours. »

Ses lèvres tremblèrent et elle le dévisagea. Tout était arrivé si rapidement qu'elle n'avait pas eu le temps de réfléchir. Mais maintenant qu'elle se penchait un peu plus là-dessus...

Le garde avait raison. Dex aurait pu fuir Las Vegas avec l'argent depuis des semaines. Et, bordel, personne ne l'avait obligé à tout risquer pour la libérer maintenant.

Elle déglutit de nouveau.

— C'est vrai. Tu aurais pu quitter la ville et éviter toute cette pagaille.

Il hocha la tête, et après un moment, la secoua.

— Je ne partirai pas sans toi.

Elle croisa les bras.

— Je suis toujours en colère, tu sais.

C'était une question de principe.

Il éclata de rire.

— C'est une des choses que j'aime chez toi.

Soudain, il afficha un air abattu.

— Mais je n'aurais jamais cru qu'on en arriverait là. Je n'ai jamais voulu te mettre en danger.

Dakota sentit son cœur battre un peu plus vite, un peu plus fort.

— Tu m'aimes, hein ?

Il hocha la tête.

— L'amour. Pour de vrai. Pour toujours, dit-il avant d'afficher un petit sourire. Je suis désolé qu'il m'ait fallu si longtemps pour m'en rendre compte. Je suppose que je suis plus rapide pour distribuer les cartes que pour ça.

Ses émotions tourbillonnèrent, parce qu'une partie d'elle voulait toujours être en colère, mais une autre voulait s'accrocher à ce « pour toujours » et ne plus jamais le lâcher.

Un instant plus tard, ses défenses s'écroulèrent et elle balança les bras autour de son cou. Elle se pelotonna ensuite contre lui pour l'étreinte la plus ferme et inébranlable du monde.

— Peut-être que nous avons été tous les deux très lents à nous en rendre compte, murmura-t-elle dans sa gorge.

Dex avait le don de la rendre dingue parfois, mais elle ne s'était jamais autant amusée avec quelqu'un et elle ne s'était jamais sentie autant en vie. Et, bordel… c'était comme l'avait dit ce garde. Dex aurait pu fuir avec l'argent.

Elle le tint fermement, puis recula suffisamment pour un baiser. Un baiser court et sérieux qui disait : « Je t'aime, mais on est vraiment dans la merde. »

Dex cala son nez contre sa joue avec la ligne parfaite de sa barbe, une sensation qu'elle adorait ; moitié mal rasé, moitié doux. Il finit par soupirer et regarder autour d'elle.

— Tu as raison. On est vraiment dans la merde.

Elle marqua un temps d'arrêt. Venait-il de lire dans son esprit ? Soudain, elle comprit… C'était un truc de métamorphe ? La façon dont il avait communiqué avec les autres dans leurs cellules ?

Eh bien, si c'était le cas, elle n'était pas encore prête à rentrer dans ces détails. Au lieu de ça, elle agita la main, feignant un ton plus léger.

— Eh bien, on a effectivement été surclassé à la cellule VIP.

— C'est un oxymore, tu ne crois pas ?

Elle soupira.

— Clairement. Mais peut-être qu'on aura une meilleure chance de s'échapper ainsi.

Elle commença à faire les cent pas. Dex fit de même, et ensemble, ils inspectèrent chaque centimètre carré de cet endroit. Pas de fenêtres ou de conduits d'aération par lesquels s'enfuir, comme sur le tournage du *Pacte avec la Mort*. Aucun accès à un boîtier électronique pour déclencher de fausses alarmes. En ce qui concernait la sécurité, cet endroit était aussi hermétique qu'Alcatraz.

En ce qui concernait le confort, en revanche...

Un écran plat occupait une bonne partie du mur, et le mini-bar était chargé de boissons et de quoi grignoter. Une porte menait à une salle de bain plus grande que son appartement, avec de grosses serviettes pelucheuses, une douche et une baignoire séparée, en plus d'un jacuzzi fumant. Une porte latérale conduisait à un dressing chargé de vêtements de toutes les tailles possibles, et une deuxième s'ouvrait sur un sauna. Il y en avait encore une autre qui donnait sur une salle de sport privée de la taille d'un terrain de basket, avec des poids et des armes verrouillés dans une vitrine robuste.

Elle soupira et retourna au salon, cognant sur le papier à lettres du bureau.

— Schiller pense que je vais écrire mon testament et tout lui laisser ?

Dex ne répondit pas. Il était trop absorbé par les portraits encadrés d'or aux murs, chacun montrant un homme ou un animal féroce.

Elle se rapprocha.

— Laisse-moi deviner. Le panthéon des fosses ?

Il hocha lentement la tête.

— Quelque chose du genre, oui.

Elle plissa les yeux devant les noms, puis blêmit. Celui qui s'appelait Kyrill semblait détenir le record le plus douteux. Douze victoires avant sa fin tragique.

Elle se rapprocha du lit king-size et se laissa tomber dessus, scrutant le plafond.

Enfin, c'était son intention au départ, mais c'était un lit à eau, et le matelas se mit à rouler et tanguer comme l'océan Atlantique Nord en pleine tempête. Quand il se calma enfin, elle murmura :

— Peut-être que tu aurais dû fuir avec l'argent.

Dex vint la rejoindre, déclenchant un autre tsunami. Il jura, puis quand les vagues s'affaissèrent enfin, il chuchota :

— Je ne regrette rien.

Seigneur, qu'est-ce qu'elle aimait sa voix de basse.

— Pas même de t'être impliqué dans cette histoire dès le début ?

Il y réfléchit, puis secoua la tête.

— Pas même ça. La cause de Tanner était bonne... empêcher la construction d'un casino dans une zone vierge. Et ma sœur aurait pu faire des choses merveilleuses avec ma part des gains.

La gorge de Dakota s'assécha au temps qu'il utilisait. Pourtant, elle entretint la conversation, voulant en savoir plus.

— Ta sœur ?

Il lui raconta alors tout, expliquant les détails de sa fondation pour la sauvegarde de la panthère de Floride, et le parallèle évident avec la mission de Tanner pour protéger la forêt si précieuse à son clan d'ours.

Quand elle y songeait, ce qu'ils avaient fait se rapprochait plus de Robin des Bois que d'un cambriolage.

— Pour la première fois de ma vie, j'avais une mission aussi. Une bonne...

Elle sentit son cœur se gonfler devant l'espoir et la fierté dans la voix de Dex, puis s'affaisser devant son soupir mélancolique.

— J'aimerais juste que nous puissions faire quelque chose pour arrêter Schiller pour de bon.

Elle leva le menton, étudiant la question.

— Commençons déjà par sortir d'ici vivant.

Elle roula avec précaution pour lui faire face et suivit du doigt les délimitations nettes de sa barbe carrée.

— Bon, pensée positive. Disons que nous gagnons ce combat qu'ils ont prévu.

— Même si on y arrive, ça n'aidera en rien. Plus tu gagnes dans les fosses, plus ils te font combattre.

Il secoua la tête.

— En plus, on parle de métamorphes et de vampires. Que vas-tu faire contre eux ? Ils ne fournissent pas vraiment d'armes ici. Du moins, pas d'armes que tu maîtriserais.

— Essaie toujours, gronda-t-elle.

— Je n'ai assisté qu'à un seul combat. Un type avait cette épée courbée étrange...

Il montra la forme avec ses mains, et même ce simple mouvement déclencha une ondulation sur le lit.

— Tu parles d'une sica ?

Il la dévisagea.

— Une quoi ?

Elle leva les yeux au ciel.

— Il y avait un consultant historique sur le plateau de *La Résurrection de Spartacus*. J'ai dû me battre avec un tigre, puis prendre l'épée du thrace et achever le rétiaire. Tu sais... le type avec le trident.

Il cligna des yeux.

— Le trident ?

Elle se tapota la poitrine.

— Peut-être que c'est toi qui devrais te faire du souci, champion. En particulier si un rétiaire t'attaque avec un filet.

Il afficha un air totalement ahuri, ce qui l'inquiéta encore plus. Il finit par taper dans ses mains.

— Peu importe. Ce n'est pas comme une répétition de film, Dakota. Et ils ne vont clairement pas se préoccuper de tes blessures ou de ton assurance.

Le désespoir commença à la ronger de l'intérieur.

— Tu dis qu'on n'a aucune chance ?

— Je dis qu'elles sont très minces.

Elle scruta le plafond un peu plus longtemps, puis soupira.

— Une idée du temps qu'il nous reste avant qu'ils reviennent ?

Il afficha un air sombre.

— Les combats du vendredi soir ramènent le plus de monde. Ce qui veut dire qu'on a quarante-huit heures, plus ou moins.

Une boule se forma dans sa gorge.

— Donc, nous avons besoin d'un plan. Vite.

Dex la regarda.

— Je déteste dire ça, mais les plans ont tendance à s'écrouler, répondit-il avant que son visage ne s'éclaire soudain. D'un autre côté, je n'avais pas prévu de te rencontrer, et c'était une bonne chose.

Elle gloussa, puis devint plus sérieuse.

— C'est le truc, je suppose... On vient préparés, avec un plan, mais on doit se préparer à improviser aussi.

Dex sourit.

— Ça, je peux faire.

Elle y réfléchit. Les meilleures équipes de cascadeurs profitaient au mieux des forces de chacun. Donc c'était un endroit aussi bon qu'un autre pour commencer. Elle pouvait élaborer un plan, et plusieurs plans de secours, tout en faisant confiance à Dex pour improviser quand ce serait le moment.

Ce qui l'amenait au deuxième point clef d'une équipe : la confiance.

Elle riva ses yeux sur Dex, puis se surprit avec un hochement ferme. Elle pouvait lui faire confiance.

— Je te fais confiance aussi, murmura Dex en pressant sa main.

Elle scruta le plafond un peu plus longtemps, puis se prépara à se relever. Mais entre le mouvement gênant de l'eau et Dex qui tenait sa main, elle n'alla pas très loin.

— Il y a autre chose que je dois te dire.

Sa voix avait une détermination un peu effrayante, comme un homme qui montait à l'échafaud.

— Très bien.

Elle se réinstalla, feignant un soupir. En vérité, ses oreilles s'étaient dressées à ses paroles.

— Quelque chose en plus du fait que tu peux te transformer en panthère, que tu n'es pas gay, et que ton vrai prénom est Poindexter ?

Il se contenta de la dévisager pendant un long moment, puis murmura :

— Tu es ma compagne prédestinée.

Dakota resta bouche bée.

— Destinée à quoi ?

Il fit la moue, cherchant ses mots.

— Tu es ma compagne. Tu es mon destin.

Il secoua alors la tête et marmonna.

— C'est un truc de métamorphe.

Comme bon nombre de fois auparavant, ils étaient couchés dans un lit, côte à côte, face à face. Et pourtant, c'était totalement différent, parce qu'ils ne jouaient plus. Ses yeux étaient si sombres et si sincères. Sa voix était chargée de désir. Une facette différente de lui... une qu'il ne révélait pas souvent.

Il lui toucha l'épaule.

— Les métamorphes ont plus de sensations que les humains. Pas juste l'odorat, la vue, le toucher, le goût. Une sensation de... eh bien, de destinée. Qui nous dit quand on a trouvé « la bonne ».

Sa façon de dire ça lui donnait l'impression que les mots étaient si importants qu'il fallait mettre des capitales. LA bonne.

— Celle avec qui tu es censé vivre pour toujours. Celle que tu aimeras pour toujours.

Elle le scruta. Ses yeux brillaient d'espoir... et de peur. La peur de... quoi? Qu'elle le rejette? Même maintenant qu'elle savait ce qu'il avait fait pour elle?

— Les humains appellent ça des âmes sœurs, cependant ils ne sont pas très doués pour les reconnaître, continua-t-il. Mais les métamorphes, si. Parce que quand tu la rencontres, la personne que le destin t'a envoyée parce que c'est là qu'est votre place, tu le sais.

Il se renfrogna.

— Enfin, les métamorphes sont censés pouvoir le dire. Il m'a fallu un moment pour le comprendre, mais maintenant, je suis sûr. Et le destin ne se trompe pas, pas comme les gens. Quand tu trouves ta compagne, ça y est. Tu la chéris. Tu l'aimes. Tu la protèges jusqu'à la fin de tes jours.

Son cœur se gonfla, se rappelant la façon dont le temps s'était arrêté brutalement le jour de leur rencontre... La façon dont son corps et son âme semblaient se réjouir à chaque fois qu'elle se réveillait dans les bras de Dex... Toutes les fois où elle s'était cognée dans un meuble ou avait bredouillé quelques mots...

Elle tendit la main pour la poser sur son épaule, pensant au destin.

Elle prit alors une profonde inspiration.

— Pour toujours, hein ?

Il hocha la tête.

— Pour toujours. Si tu peux vivre avec un mec comme moi.

Elle se mordilla la lèvre. Dex avait des défauts qui pouvaient la rendre folle, mais... bordel, elle aussi. Et le reste n'était-il pas plus important ? Quand il lui donnait l'impression d'être une reine d'un seul regard chargé de désir. Quand il la faisait rire, quand il la faisait rêver.

Elle fit de son mieux pour prendre un air sévère, et échoua misérablement.

— Je ne crois pas pouvoir vivre sans toi. C'est pareil ?

Il rit et la serra contre lui, faisant tanguer de nouveau le lit.

— Ça me suffit.

Elle ferma les yeux pour mieux tout absorber. L'éraillement de sa voix. La détermination dans sa main ferme qui laissait entendre qu'il ne la lâcherait pas. L'inclinaison de ses épaules qui craignait un refus. La tension intérieure qui promettait de respecter sa décision si elle voulait partir. Même si ça le tuerait.

C'était ce qu'elle aimait chez lui. Sa façon de respecter ce qu'elle disait. Et, bordel... un type qui pouvait la faire espérer dans une situation aussi terrible devait être « le bon ».

Elle s'accrocha à lui un long moment, son esprit tourbillonnant de profondes pensées qu'elle ne s'était pas laissée entretenir auparavant. Des pensées d'amour, d'éternité, de destin. Mais, *pfiou*. Étant donné leur position actuelle...

Comme toujours, Dex semblait lire dans son esprit.

— Il y a beaucoup d'informations à traiter, je sais. Mais procédons dans l'ordre. Il nous faut un plan. Et vu comment les miens ont tendance à tourner...

Il soupira.

— Des idées, patronne ?

Chapitre 9

Quelques minutes n'étaient pas suffisantes pour planifier ce qui pouvait être les dernières quarante-huit heures de son existence, cependant Dakota fit de son mieux.

Le fait était qu'elle était si fatiguée qu'elle ne pouvait pas réfléchir clairement. Peu importait ses tentatives, le fouillis d'inquiétudes dans son esprit ne faisait que s'emmêler encore plus.

Mais avec les bras de Dex autour d'elle, la gardant immobile pour qu'elle ne déclenche pas plus de vagues sur ce stupide lit à eau, le chaos se dispersa, la laissant avec une sensation de paix. Au bout de quelques instants, elle finit par s'endormir.

Et, *pfiou*. Elle n'avait pas fait que somnoler. Elle avait dormi comme une masse et s'en rendit compte quand elle ouvrit les yeux et les posa sur l'heure. Cinq heures s'étaient écoulées en un clin d'œil, la revigorant.

Dex se réveilla presque au même moment et repoussa ses cheveux de son visage.

— Est-ce que ça va ?

— Plutôt, oui. Et toi ?

Il afficha un sourire encourageant.

— Étonnamment bien. Si bien que je serais tenté de rester un peu plus longtemps au lit, si tu vois ce que je veux dire.

Il lui chatouilla les côtes et elle sourit. Oh, elle voyait très bien. Quelques contacts et quelques baisers pas si innocents étaient tout ce qu'il faudrait pour les mettre dans une humeur totalement différente. Une humeur plus sensuelle où ils laisseraient derrière eux leurs inquiétudes et se feraient plaisir avec le genre de parties de jambes en l'air apaisantes et satisfaisantes que Dex lui garantissait à chaque fois.

— Je suis tentée aussi, avoua-t-elle. Mais l'entraînement passe en premier.

Quand il gronda, elle éclata de rire.

— Vois les choses comme ça : l'entraînement pourrait nous aider à survivre, et ensuite nous aurons tout le temps que nous voudrons.

Elle se pencha, embrassant ses lèvres parfaites.

— Mmh. C'est une promesse ?

Elle aurait bien ri, mais fut frappée par l'énormité de la situation. Elle ne pouvait pas lui promettre, car trop de choses étaient hors de son contrôle.

— Je promets de faire de mon mieux.

Dex hocha solennellement la tête et ils sortirent tous les deux du lit. Quelques minutes plus tard, après avoir mangé des céréales et du lait dans le minibar, ils prirent le chemin de la salle de gym.

— Ah !

Après quelques minutes à farfouiller l'endroit, elle finit par trouver une petite épée incurvée.

— Elle est en caoutchouc, mais pour l'entraînement, ça ira.

Quand elle la lança à Dex, il la rattrapa et l'agita dans le vide quelques fois.

— Une sica, donc ?

Elle sourit. Il l'avait vraiment écoutée.

Et il apprenait aussi rapidement. Ils ne tardèrent pas à couper, pousser et trancher l'air, puis aller l'un envers l'autre.

— Dommage qu'il n'y en ait qu'une seule, se plaignit-elle.

Dex sourit et lui lança :

— Pas de souci. J'ai une autre arme avec moi.

Elle inclina la tête, se demandant ce qu'il avait trouvé. Mais quand il retira sa chemise et son pantalon…

— Oh. Ça.

Elle recula en déglutissant.

« Ça », c'était l'ondulation des muscles qui donnait lieu à une tout autre forme. Une fourrure à poils courts et lisse. Des ongles qui s'étendaient et se courbaient en griffes. Une queue longue qui fouettait d'un côté et de l'autre.

Dakota se força à prendre plusieurs profondes inspirations. Bon... c'était le côté métamorphe de Dex.

Une minute ou deux à contempler ces yeux sombres et profonds lui firent conserver son calme cependant, et rapidement, ils se lancèrent dans une forme de combat qu'elle n'avait jamais imaginé. Dex l'attaqua avec prudence au début, levant une patte dans un mouvement au ralenti. Elle se protégea avec un coup de son épée molle, puis se força à ravaler la boule dans sa gorge.

— D'accord. On recommence, mais plus vite.

En peu de temps, ils se retrouvèrent dans les affres d'un faux combat, tourbillonnant pour attaquer et reculer. La terreur d'affronter une bête sauvage se dissipa vite, et elle apprit à ne pas trop s'étendre, à ne pas viser trop haut ou à ne pas sous-estimer la stabilité de son adversaire à quatre pattes. Il lui fallut toute sa concentration, en plus de toute sa force, pour repousser les attaques-éclair de Dex, mais elle y parvint. Quand il accéléra le rythme et bondit avec des coups encore plus féroces, elle réussit à esquiver, reculer et même à lancer une contre-attaque.

Aussi difficile que ce soit, c'était aussi amusant. Du moins, tant qu'elle ne pensait pas trop à la raison qui les avait incités à s'entraîner ainsi au départ.

Quand ils eurent fini, elle transpirait comme jamais, tandis que la fourrure de Dex était toujours lisse et douce. Tellement qu'elle devait se rappeler de ne pas la toucher juste pour le plaisir. Ses yeux dansaient alors qu'il luttait avec intensité, ne se concentrant pas vraiment sur sa propre défense, mais surtout s'assurant de bien ranger ses griffes. Quand ils se séparaient, haletant après chaque round, sa queue fouettait l'air fièrement comme pour dire qu'il était impressionné.

Impressionné par ma compagne.

La voix faisait faiblement écho dans son esprit. Ou peut-être que c'était elle qui s'imaginait des choses.

Il feula et plongea sur elle dans un grand saut. Dakota le repoussa et trancha, cependant un instant plus tard, il bondit de nouveau, la plaquant au sol.

« Je t'ai eue », disait son regard.

L'angle de ce visage féroce était plus excitant que terrifiant, et Dakota ne put s'empêcher de passer les mains sur ses épaules lisses et épaisses. Ses yeux scintillaient, donc elle descendit un peu plus bas et gratta ses oreilles soyeuses et triangulaires.

La panthère, Dex, inclina la tête, ferma les yeux et... ron-ronna ?

Elle baissa les paupières, s'imprégnant de la sensation. C'était elle qui était plaquée au sol, pourtant elle ne sentait que le pouvoir et la chaleur, pulsant dans son âme.

Dès que la panthère cala doucement son museau sur sa joue, elle poussa un cri, puis gloussa, repensant à toutes les fois où Dex l'avait fait quand ils étaient au lit. Sur le moment, elle n'avait pas su qu'il était métamorphe, mais à présent, tout collait.

Plus ils restaient enlacés, plus les souvenirs devenaient tor-rides. Lorsque Dex bougea sous son toucher, elle supposait qu'il inclinait juste la tête. Cependant la texture de sa four-rure changeait aussi, et quand elle regarda une nouvelle fois...

La panthère avait disparu et l'homme était de retour.

— Je t'ai eue, murmura-t-il en calant son nez contre sa joue.

Elle faufila une jambe autour de sa cuisse et leva ses lèvres vers les siennes.

— Je t'ai eu aussi.

Cela s'avéra être la dernière phrase cohérente qu'elle prononça pendant plusieurs minutes, quand les respirations qu'ils prirent ressemblèrent plus à du désir qu'à du dur labeur.

Elle se cambrait sous son toucher, avant de l'arrêter et de désigner un coin de la pièce.

— Caméra.

Dex marmonna, à moitié dissimulé sous son T-shirt, où il suivait un chemin de baisers en remontant.

— Je ne suis pas sûr de m'en soucier.

Elle si, même si pas beaucoup, et de moins en moins à chaque seconde. Mais elle était sale et collante de sueur, donc...

— Je parie qu'il n'y a pas de caméra sous la douche.

Dex s'arrêta juste assez pour sourire.

— Bonne idée. Surtout avec la vapeur.

Il se trouva qu'ils générèrent assez de buée à eux deux pour se protéger du monde extérieur... en particulier une fois nus, savonnés, et...

— Oui...

Elle bascula la tête en arrière quand Dex la souleva contre la paroi de la cabine et entra en elle.

Il commença ensuite à bouger, et tout ce qu'elle put faire, ce fut enrouler ses jambes autour de lui et s'accrocher.

C'était une sacrée bonne chose que cette cabine de douche soit si grande et solide. Et quel bonheur de se concentrer exclusivement sur l'instinct et le besoin pur et déchaîné, même si ça ne durait qu'un temps.

Ce fut le premier round. Pour le deuxième, Dex s'installa sur le siège triangulaire dans un coin de la douche, la nouant autour de lui. Une position qu'elle nota mentalement, parce que, *waouh*. La pénétration prenait une tout autre définition sous cet angle.

Pour le troisième, il les ramena au lit... après avoir jeté une serviette sur la caméra et une autre sur le micro à moitié caché.

Pourtant, dès que Dakota retomba sur le matelas, elle s'arrêta et gronda.

— Ça ne marche pas.

Pas avec le matelas qui clapotait et ondoyait sous eux.

Dex la remit sur pied.

— Il est donc temps d'improviser.

D'un geste vif, il tira les draps du lit. Dakota prit les oreillers et ils se retrouvèrent rapidement avec un petit nid douillet par terre. Un nid qu'elle revendiqua comme sien, prenant le dessus puisqu'elle chevauchait son amant comme la cowgirl qu'elle avait été avant d'entrer dans le cinéma.

Le destin.

Le voilà encore, ce murmure dans son esprit. Cette sensation folle et sûre que tout dans sa vie l'avait menée à ce moment précis, même si sur le moment, elle n'en avait eu aucune idée.

Après, ils restèrent étendus et entremêlés, dans les draps, et même dans leurs pensées qui papillonnaient d'un esprit à l'autre comme des télégrammes brisés. Des bouts de mots et de sentiments jusqu'à présent, mais suffisamment pour la faire s'émerveiller... et la rendre plus sûre que jamais du fait que Dex était le bon.

— Peux-tu vraiment lire dans mon esprit ?

Il hocha la tête.

— Un peu. C'est comme ça, avec les compagnons.

Il caressa doucement son bras, puis poussa un long soupir tremblant.

— Il y a une autre chose que je dois te dire.

— Ah ? marmonna-t-elle, toujours étourdie.

— Pour être compagnons... je veux dire... Eh bien...

Elle lui lança un regard sévère.

— Dex...

Il se dépêcha de terminer.

— Reconnaître ta compagne, c'est une chose. Te lier à elle nécessite...

Il déglutit et posa les yeux sur sa gorge.

— Il y a une sorte de... rituel. Pour sceller le truc, je suppose.

Elle leva les sourcils, imaginant une grotte remplie de bougies vacillantes et de moines qui psalmodiaient.

— Un rituel ?

Ses joues rosirent légèrement, et il parla si bas qu'elle l'entendit à peine.

— Une morsure d'union.

Elle se renfrogna.

— On dirait un truc de vampire.

Il secoua vivement la tête.

— On ne boit pas de sang. C'est juste une morsure.

Il passa lentement une main sur son cou.

— Juste... là...

Un petit frisson la parcourut. Un bon frisson, le genre qui chatouillait et réchauffait son entrejambe.

— On ne suce pas le sang, répéta-t-il. On s'accroche juste à l'autre et on laisse les essences se mêler.

Il chassa immédiatement sa voix rêveuse et ajouta rapidement.

— Et l'autre fait pareil. Enfin, quand on est prêts, je veux dire.

— Et si ta compagne n'est pas métamorphe ? Et si elle, ou si lui, est humain ?

— Un métamorphe peut s'accoupler avec une humaine. Dans ce cas tu deviendrais... enfin, elle deviendrait aussi métamorphe.

Elle écarquilla les yeux.

— Sérieux ?

— Sérieux, approuva-t-il d'un ton grave.

Elle ferma les yeux, s'imaginant la chose. Le côté transformation était difficile à concevoir, mais rôder en silence et en vitesse à quatre pattes... Bondir avec grâce entre des rochers... Suivre des odeurs dans la nature...

— Ça ne m'a pas l'air si terrible, admit-elle enfin.

— Être une panthère, c'est génial, confirma-t-il avec un sourire avant de se raviser. Tant que tu as de l'espace. Une autre raison de quitter Vegas.

Elle posa une main sur son cœur.

— Tu n'as pas besoin d'en être pour rêver d'espace.

Son regard erra sur les murs sans fenêtre et sur la porte. Comment allaient-ils se tirer de là ?

Dex la rapprocha de lui et murmura.

— On trouvera une solution. Je le jure.

C'était un beau sentiment, cependant préparer un plan en béton n'était pas le point fort de Dex. Ce qui signifiait qu'elle ferait mieux de s'y mettre, et vite.

D'un autre côté, se pelotonner contre lui était une jolie façon d'échapper à la réalité, donc...

Elle l'embrassa, déclenchant toute une nouvelle tournée de feux d'artifice.

Juste un peu plus longtemps, se promit-elle, approfondissant le baiser.

Son corps brûlait de besoin et elle ne pouvait s'empêcher de penser à ce que Dex avait expliqué.

Une âme sœur. La personne que le destin vous envoyait, parce que c'est avec elle qu'est votre place. Pour toujours.

Elle n'avait jamais vraiment cru à ce genre de choses... mais c'était avant de rencontrer Dex.

Ses mains glissèrent sur ses côtes, et elle eut envie de plus. Mais juste à ce moment, un coup retentit à la porte et ils s'immobilisèrent tous les deux.

Dex grommela alors que Dakota se raidit. Oh, Seigneur. Il avait estimé qu'ils avaient quarante-huit heures avant le combat. Et s'il avait eu tort ? Et si c'était maintenant ?

Ils roulèrent pour se détacher et elle enfila son haut. Elle saisit ensuite un tabouret en bois, « l'arme » la plus proche qu'elle trouva, et se précipita d'un côté de la porte, faisant signe à Dex de couvrir l'autre côté.

Elle lui lança un long regard dur, lui faisant comprendre que ce serait peut-être leur seule occasion.

Il hocha la tête en retour. Un second coup retentit et ils se crispèrent tous les deux, prêts à se battre pour leur vie.

Chapitre 10

Dex serra le poing et lança :

— Qui est-ce ?

— Room service, répondit une voix étouffée derrière la porte épaisse.

Il se renfrogna. C'était quoi cette histoire ?

Dakota mima un coup avec le tabouret.

Qui que ce soit, quand il entre, tu le distrais et je lui écrase sur la tête. Ensuite on se barre.

Il hésita. Il n'était pas vraiment un grand stratège, cependant ça lui semblait plutôt douteux, même pour lui.

Pourtant, Dakota était Dakota, et il ne lui refusait rien. Quand une clef tourna dans la serrure de l'autre côté, il se raidit, prêt à agir.

— Room service ? répéta-t-il, déterminé à garder l'attention de la personne sur lui.

— Un room service spécial, pouffa l'homme.

Dex fronça les sourcils. C'était l'idée que se faisaient les vampires d'une plaisanterie ?

La porte s'ouvrit et un chariot en acier roula dans son champ de vision. Cache à moitié derrière, Dakota brandit le tabouret, prête à l'écraser sur le crâne de l'homme.

Dex étudia ce dernier dans son uniforme rouge et sa casquette noire, suivi de plusieurs gardes costauds. Cela ressemble vraiment à un room service.

— Un room service avec trois gardes ? aboya-t-il en informant clairement Dakota.

Le type poussa un soupir ; sa casquette était si basse qu'il ne voyait pas son visage.

— C'est ce que j'ai dit, répondit-il en désignant les gardes. Restez là, les garçons. Je peux gérer ça.

Il leva alors son menton et lui fit un clin d'œil.

Dex le dévisagea. Bob ?

Il ravala tout juste le prénom du métamorphe hérisson, faisant signe à Dakota derrière lui de reculer.

— Entrez, dit-il avec un signe de la main avant de refermer la porte au nez des gardes. C'est bon. C'est juste Bob.

Dakota baissa le tabouret, même si son regard restait féroce.

— « Juste Bob » ? répéta ce dernier en grimaçant. C'est ce à quoi j'ai droit après m'être faufilé ici pour t'aider... par deux fois ?

Dex haussa les épaules.

— Même si j'apprécie, l'idée de base était de réussir à repartir.

Bob agita la main.

— Tu es bien difficile. Bon, maintenant, vous voulez déjeuner ?

Il leva la voix pour cette dernière phrase et poussa le chariot jusqu'à la table. Au même moment, il désigna la porte en murmurant :

— Nous avons cinq minutes, maximum. Il faut faire vite.

Dex ne savait pas ce qu'il avait en tête, mais il était tout ouïe.

— Que sais-tu ? Pour quand est le combat ?

Bob commença à transférer des assiettes de nourriture sur la table et à soulever les cloches, de la vapeur et des odeurs séduisantes émanant de chaque mets. De la sauce aigre-douce... du porc rôti... Un curry... Dex en eut l'eau à la bouche.

— Demain soir, répondit Bob. Les portes ouvrent à vingt heures. Vous êtes le bouquet final.

Dex fit une grimace. Il n'aimait pas ce côté « final », en particulier quand c'était lui qu'on terminait. Dakota et lui se battraient pour leurs vies.

Bob planta un doigt dans son torse.

— Je parlais surtout de toi, en réalité.

Il tira le rideau dissimulant la partie basse du chariot.

— Je peux faire sortir ta nana.

Dex le dévisagea, Dakota fit de même.

— Quoi ?

Bob la montra avec impatience.

— Vite. Monte là-dedans, accroche-toi bien, et ne fais pas un bruit.

Elle se renfrogna.

— Et Dex ?

Bob afficha un air triste. Bon, il avait toujours cette tête, mais cette fois, particulièrement.

— C'est le mieux que je puisse faire, et tu es plus petite que lui. Désolé, mon pote.

Une douleur s'installa dans la poitrine de Dex, néanmoins il se força à acquiescer. Tout ce qui comptait, c'était que Dakota sorte d'ici saine et sauve.

— Mais… mais…, dit-elle, ouvrant et fermant la bouche.

Il lui prit le bras et Bob agita la main.

— Vite. Nous n'avons pas beaucoup de temps.

Dakota ne bougea pas et croisa les bras.

— Je n'irai pas. Pas sans lui.

Le cœur de Dex marqua un temps d'arrêt et pendant un instant, il fut au septième ciel. Ce fut le sifflement de Bob qui le ramena à la réalité.

— Ne sois pas ridicule. C'est votre seule chance.

Dakota tira le rideau, puis le lâcha. Quand ses yeux noisette se posèrent sur Dex, il lui lança un petit sourire. Ils avaient beau être les meilleurs lorsqu'il s'agissait de se coller l'un l'autre, ce ne serait pas suffisant pour rentrer dans cet espace étroit à deux.

Dakota recula, secouant fermement la tête.

— Merci, mais non. Pas sans Dex.

Bob fit la moue et pencha la tête vers lui.

— Je suppose que tu ne veux pas non plus…

Dex ne voulait pas rugir sur le pauvre bougre, cependant son côté panthère explosa malgré lui.

— Je n'abandonnerai jamais ma compagne !

Bob grimaça.

— D'accord, d'accord. Pas besoin d'attirer l'attention des gardes sur moi.

Il fit ensuite une grimace.

— Bon sang, j'essayais juste d'aider.

Dex toucha son épaule.

— Désolé. J'apprécie ton aide. Mais nous avons besoin d'un meilleur plan.

— J'aimerais avoir ça en magasin, mon pote. Mais non.

Dex se tourna vers Dakota, prêt à la supplier de partir. Un seul coup d'œil à son expression foudroyante lui disait qu'il n'avait aucune chance de la persuader.

Dans un soupir, Bob continua à décharger les assiettes.

— Eh bien, autant apprécier un bon repas, alors.

Il ne précisa pas que ce serait certainement le dernier, néanmoins son regard sinistre était évident.

L'esprit de Dex s'emballa. Il devait y avoir un autre moyen. De son côté, Dakota avança vers la table, testant les fourchettes et les couteaux.

— Déjà fait, indiqua Bob en secouant la tête. Tout est en plastique. Ce n'est pas très utile contre les trois ours dehors et les vampires en renforts.

Les yeux de Dakota se reposèrent sur le tabouret et Dex manqua d'éclater de rire. Oui, c'était bien elle ; ingénieuse jusqu'au bout des ongles. Mais même la plus dure et rude des cowgirls ne pouvait pas se battre à coup de tabouret et couverts en plastique pour retrouver sa liberté.

Un autre coup retentit et Bob recula avec le chariot jusqu'à la porte.

— Dernière chance.

Il s'affaissa devant le regard sévère de Dakota.

— C'est bon, c'est bon, j'ai compris. Dommage pour le million, par contre. Tu veux que je le donne à une association ?

Dex réfléchit à toute vitesse. D'une seconde à l'autre, la porte s'ouvrirait et son seul contact avec le monde extérieur disparaitrait.

Contact... Monde extérieur... Un million de dollars...

Les sourcils de Dakota se froncèrent comme lorsqu'elle était perdue dans ses pensées. Et la plupart du temps, Dex suivrait n'importe laquelle de ses idées, cependant elle était une personne bonne et honnête, et ils restaient dans le côté tordu du monde des métamorphes de Vegas. Ce qu'il leur fallait, c'était un pari rusé de tout ou rien basé plus sur l'instinct que sur des faits.

— J'aimerais juste pouvoir vous aider, se plaignit Bob en cherchant la poignée.

Et aussi simplement que ça, la réponse vint à Dex. Il leva une main, le rattrapant par la manche.

— En fait, il y a une chose...

Bob releva la tête et Dakota lui jeta un regard interrogateur.

Il ferma les yeux un instant, essayant d'imaginer tous les scénarios où son plan pouvait mal tourner. Mais, mince. Il y en avait trop, et seulement un mince filet d'espoir. Ne pouvait-il pas faire mieux que ça ?

Malheureusement, non. Il ne pouvait pas. Il serra donc les dents et rapprocha Bob de lui.

— Bon. Écoute-moi, et écoute-moi bien. Voilà ce que tu vas faire...

Chapitre 11

Le plan de Dex avait un énorme défaut, et Dakota le savait. Bordel, ils le savaient tous les deux, mais puisqu'elle n'avait rien de mieux...

Elle soupira et se pencha loin pour s'étirer, reniflant le parfum floral du survêtement qu'elle avait choisi dans le dressing. Vingt-quatre heures étaient passées depuis la visite de Bob, et il leur restait une heure avant le combat. Était-ce la dernière heure de sa vie ?

Elle repoussa cette pensée et changea de position d'étirement. C'était comme à l'époque où elle faisait du rodéo. Songer à l'issue n'aidait en rien... elle devait se concentrer uniquement sur les facteurs qui étaient en son pouvoir.

Ce qui ne faisait vraiment pas beaucoup, mais elle en sortirait avec les honneurs, elle en était certaine.

— C'est ce que tu faisais avant de filmer une cascade ? demanda la voix grave et nonchalante de Dex.

Trop nonchalante, comme s'il essayait de garder les choses légères.

— Oui. Quand je faisais du rodéo aussi. Les mêmes étirements à chaque fois... plus pour ma tête que pour mes muscles. Et puis, sur les plateaux, je revoyais la cascade une dernière fois.

— Tu veux qu'on répète une dernière fois ?

Il désigna la salle de gym, mais elle secoua la tête.

— Sauf si tu sais quelque chose que je ne sais pas.

Ils avaient passé en revue tous les scénarios possibles, mais en vérité, ils ne savaient pas à quoi s'attendre. Et à en juger par les rugissements intermittents d'une foule quelque part au loin dans les catacombes, les fosses leur réservaient beaucoup de surprises.

Dex secoua tristement la tête.

— J'aimerais bien.

Au moins, c'était déjà ça. La vérité... et le respect. Un autre homme aurait pu essayer de jouer les durs et de lâcher des promesses condescendantes qu'il ne pourrait pas tenir, mais pas Dex.

Un bruit de clef se fit entendre dans le verrou et toutes les terminaisons nerveuses de son corps se crispèrent.

Dakota se força à hocher fermement la tête. C'était le moment.

Deux gardes baraqués ouvrirent la porte en grand et leur firent signe de sortir.

— Un dernier passage, et c'est à vous. Bougez.

Dakota marcha calmement jusqu'à la porte. Une partie d'elle était contente que l'attente soit terminée. L'autre était... eh bien, effrayée.

Dex la suivit, surveillant ses arrières. Ce bon vieux Dex, la protégeant jusqu'à la fin. Cela la tuerait de le voir mourir en essayant de la sauver, cependant.

Elle se força à lever le menton.

Alors, fais en sorte qu'on n'en arrive pas là.

Frottant ses doigts dans sa paume, elle afficha son meilleur visage déterminé. Ces brutes voulaient la voir se battre ? Ils allaient être servis, et plus encore.

Les rugissements de la foule devinrent plus forts encore alors que les gardes les poussaient dans le long couloir sombre. Une autre paire de gardes arrivèrent jusqu'à eux, conduisant un autre prisonnier. Le cœur de Dakota bondit dans sa poitrine. Bob.

Non. Pas Bob. Juste ce vampire végan agaçant, Alon.

— Khloe Maxx. Comme on se retrouve, gloussa-t-il en imitant la voix du méchant du film avant le grand final bourré d'action.

Elle leva les yeux au ciel. Combien de fois encore allait-elle entendre cette réplique ringarde ?

Son ventre se retourna. Probablement plus beaucoup, vu la situation.

— Je plaisante, ajouta Alon devant son regard glacial.

Dakota riva ses yeux droit devant elle, se concentrant sur les indices concernant le combat à venir.

De lourdes portes s'ouvrirent devant eux et le couloir s'agrandit. D'autres allées les rejoignaient sur les côtés, et les lumières brillaient dans un virage devant eux.

— L'arène, murmura Alon.

Dakota aurait tout aussi bien pu être une voyageuse du temps qui arrivait au Colisée de Rome. Quelque part au-dessus d'eux, une foule était assise sur des gradins en pierre. Le bruit faisait un vacarme d'enfer et de la poussière au plafond leur retombait dessus alors que des centaines de pieds tapaient à l'unisson. Ça et là, le sol recouvert de sable était parsemé de marques sombres. Du sang ? Dakota frissonna, imaginant des corps mous être tirés de l'arène, un à la fois.

Des doubles portes renforcées massives se présentèrent devant eux. De la lumière filtrait autour des bords ainsi que le bruit assourdissant de la foule. Dakota prit une profonde inspiration, essayant de calmer son pouls.

— Attendez ici, dit un des gardes en désignant une alcôve sur la droite. Ne bougez pas.

Elle hésita, puis s'arrêta dans le petit espace. Dex se pressa contre elle, créant un mur entre elle et ses ravisseurs. Alon fut le dernier à s'y faufiler.

Il jeta un regard rapide par-dessus son épaule, puis se pencha pour murmurer.

— Je vais vous proposer un marché.

Dex secoua la tête, paraissant plus menaçant que jamais.

— Je ne passe pas de marché avec les vampires.

Alon ricana.

— Non, seulement avec les métamorphes ours qui ont quitté la ville avant que tu y parviennes. Des regrets ?

Dakota s'immobilisa devant la pique envers Tanner, l'ami de Dex, qui avait planifié toute la soirée menant à ce moment.

Dex commença à secouer la tête, puis s'arrêta, la regardant.

— Des regrets ? Juste un. Que Dakota se retrouve impliquée là-dedans.

Son cœur se réchauffa, mais bordel. Dex avait l'air si triste. Pensaient-ils réellement que les chances étaient si minces ?

Alon ricana.

— Comme c'est noble. Pourtant, ça ne vous sauvera pas la vie.

— Alors que toi, tu peux ? répliqua Dakota.

Alon secoua la tête.

— Désolé, chérie. Mais tu sais quoi ? Je crois que vous savez une mince chance de vous en sortir. Même si vous n'avez pas ce que j'ai.

— C'est-à-dire ? l'incita-t-elle.

Alon releva le menton.

— Les moyens d'abattre ces suceurs de sang pour toujours.

Dex leva les yeux au ciel.

— Dit le vampire.

— Je ne suis pas comme eux, rétorqua Alon, des étincelles volant presque de ses yeux.

Dakota posa une main sur le bras de Dex et riva ses yeux à ceux d'Alon.

— Qu'est-ce que tu racontes ?

— Je raconte que nous travaillons ensemble. Sortir d'ici vivant n'est pas suffisant. Pas si nous voulons arrêter Schiller pour de bon.

Dex les désigna tous les trois du doigt.

— Il n'y a pas de « nous » qui compte ici.

— Mais ça pourrait, insista Alon. Pensez à la prochaine victime innocente, et la suivante, et la suivante...

— Celui qui nous remplacera se démerdera tout seul, grommela Dex.

Alon fit la grimace.

— Khloe Maxx ne dirait pas une telle chose.

— Elle n'est pas Khloe Maxx ! rugit Dex.

Dakota se mordilla la lèvre. Même si elle détestait l'association avec la tenue légère et les répliques éculées, un autre aspect de l'héroïne d'action l'attirait. Le courage. La volonté de prendre ses responsabilités et de faire le bien.

Mais Dex avait aussi raison, même s'il pestait. Était-elle folle de penser un instant à prendre position... contre les vampires ?

Pourtant, un petit tressautement se réveilla derrière son œil, parce qu'à chaque fois qu'un fan la confondait avec son personnage, elle avait l'impression d'être un escroc.

Alon gardait les yeux sur elle.

— Même les gens ordinaires peuvent parfois être héroïques.

Le cœur de Dakota tambourina un peu plus fort. Peut-être qu'il avait raison. Peut-être que c'était sa chance de briller.

Mais bon... Dex n'avait pas tort non plus.

Elle manqua de se moquer d'elle-même. En général, c'était elle, l'esprit pratique. Dex était le rêveur. Pourtant, voilà qu'ils inversaient les rôles.

Elle déglutit difficilement.

— Qu'as-tu exactement en tête ?

Dex leva un bras entre eux.

— Tu ne feras pas ça, Dakota. Il faut se concentrer sur notre survie.

Elle fit la moue.

— Tout ce que je dis, c'est qu'on peut écouter ce qu'il a à raconter.

Les yeux d'Alon étincelèrent, et il tapa dans ses mains.

— Bon. Tu te souviens quand Khloe Maxx a affronté l'odieux chef suprême, Harkonnen ?

Quand il s'épancha, revivant chaque coup d'épée du film, entre autres choses, Dakota perdit espoir. Peut-être que Dex avait raison. Il était temps d'être pratique, pas héroïque.

Elle leva une main pour le couper dans ses babillages excités.

— Ce n'est pas le moment...

Il l'interrompit.

— Au contraire, je pense que si. Tu te souviens du soulèvement dans *La Résurrection de Spartacus* ? Tu as battu tous ces zombies.

— Des faux zombies, répliqua Dex en montrant l'arène du pouce. On est dans la vraie vie là. Pour tout.

— C'est vrai, et j'ai foi en vous deux. Et je le jure, si vous m'aidez, j'enterrerai Schiller et ses larbins pour de bon.

Il leur fit un clin d'œil.

— Aussi, je sais ce qui nous attend là-bas. Et comme l'a un jour dit un sage oryctérope : qui a le savoir, a le pouvoir.

Dex souleva le vampire par le col et le plaqua contre le mur.

— Alors, dis-nous ce que tu sais. Tout de suite.

Les pieds d'Alon pendaient au-dessus du sol sablonneux. Pourtant, il secoua la tête.

— Seulement si vous promettez de m'emmener.

Les yeux de Dex brillèrent de fureur, cependant Dakota pressa son épaule, lui faisant comprendre que ce pourrait être leur chance.

Il pourrait mentir, répliqua-t-il avec un regard féroce.

Dakota y réfléchit. Oui, Alon pouvait mentir. Néanmoins, quand elle pensait à ce que Bernie, le gérant de l'arène, et Alon avaient dit...

La mort à tous les tournants... Des matchs serrés... Du sang qui coule...

Elle riva son regard sur Dex. Ils avaient besoin de tout le soutien qu'ils pourraient trouver.

— Vous m'aidez, je vous aide, dit Alon en se tortillant sous la poigne de Dex. Et ensemble, on arrête Schiller pour toujours.

Dakota poussa un profond soupir, puis prit une décision. Quand elle fit signe à Dex, il grimaça, puis lâcha Alon comme un poisson glissant. Lorsque le vampire tomba sur les fesses dans le sable, Dex le surplomba, le fusillant du regard.

— D'accord. Dis-nous.

Alon se releva maladroitement, puis leur fit signe de s'approcher avant de se frotter les mains.

— Bon. Écoutez attentivement. Nous n'avons pas beaucoup de temps.

Chapitre 12

— C'est l'heure du spectacle. Bougez.

Un garde bourru fit avancer Dex vers la porte en chêne, puis se tourna vers Dakota.

— Toi aussi, chérie.

Dex montra les crocs.

Ce n'est pas ta chérie, connard. C'est la mienne.

Dakota, comme toujours, resta parfaitement calme, ses yeux rivés sur les battants massifs. Alon se tapissait derrière elle, le petit rat.

La question est de savoir si ce petit rat dit la vérité, gronda la panthère de Dex.

La voix du présentateur résonnait de l'autre côté, et la foule s'emballa.

— Mesdames et messieurs, merci pour votre patience alors que nous mettions en place le grand final ! Et maintenant...

Il tint la syllabe, laissant le suspense monter.

— Le temps est venu ! Installez-vous, détendez-vous, et profitez de ce que le Scarlet Palace vous présente ! Le grand final que vous attendiez tous !

La lumière vacilla derrière la porte et la foule applaudit.

À la gauche de Dex, les employés des coulisses poussèrent un engin de bois dans l'arène par une porte latérale. Malheureusement, il ne voyait pas grand-chose sous cet angle... juste l'obscurité derrière, ponctuée par un projecteur balayant la salle.

Il serra les dents. Il avait l'impression que le « numéro » précédent était terminé depuis une éternité ; un métamorphe rhinocéros furieux avec une corne ensanglantée, suivi d'un corps effroyablement mou traîné par deux soignants. L'équipe en coulisses avait ensuite pris le relais, installant une sorte de scène élaborée.

— Comme je l'ai dit, murmura Alon alors qu'un engin géant avec des lames était poussé.

Dex l'observa, les yeux grands ouverts. Quand Alon avait révélé sur quoi ils allaient tomber, il avait douté. Mais peut-être que le vampire avait raconté la vérité après tout.

— Sans plus attendre..., brailla le présentateur, avant de s'interrompre.

Dakota agita la main.

— Et pourtant tu nous fais encore attendre, connard.

Dex poussa un grognement guttural, prêt à protéger sa compagne à tout prix. Ou plutôt, il claqua des crocs, s'étant déjà transformé.

La bonne nouvelle, c'était que Dakota avait à peine cillé quand il avait changé. Enfin, bon, peut-être qu'elle s'était tendue une seconde. Mais, mis à part ça, elle s'était tournée fermement vers la porte en marmonnant.

— On va y arriver.

Son cœur se réchauffa. Sa compagne était la femme la plus merveilleuse du monde.

Soudain, ses épaules se raidirent et il remua la queue. Quoi qu'il se passe, elle devait survivre.

Le présentateur reprit ses braillements, excitant la foule :

— Le Scarlet Palace vous offre la panthère noire, la princesse guerrière et le bouffon !

Les lourdes portes s'ouvrirent et ils furent baignés d'une lumière aveuglante. Dex plissa les yeux alors que Dakota leva une main.

Alon jura.

— Le bouffon ?

La foule hua alors que le présentateur continuait.

— Qui, si c'est possible, survivra à l'épreuve ultime ? Qui sera le premier à tomber ?

Dex serra les dents.

Pas moi, jura-t-il. *Pas Dakota.*

Aucun d'entre nous, lui rappela-t-elle d'un regard sévère.

Elle avança, gardant le menton levé.

Le projecteur se posa sur eux et Dex scruta l'obscurité derrière.

— Mesdames et messieurs, un régal pour vos yeux lors du nouveau plus grand et plus mortel spectacle de Las Vegas... Les Fosses du Destin !

Dakota leva les yeux au ciel.

— On dirait un titre d'un autre film pourri.

Le projecteur s'agita frénétiquement, autant que le public. La lumière perçante balayait la salle, révélant des bribes d'un tout plus sinistre. Dex plissa les yeux, apercevant des murs, des cordes et... des crocodiles ? Un projecteur stroboscopique se déclencha, illuminant l'arène de clignotements rapides.

— Comme je vous ai dit, renifla Alon d'une voix à peine audible sous les acclamations. Une course d'obstacles.

— Waouh, marmonna Dakota.

Dex écarquilla les yeux. En effet. Les fosses étaient connues pour les combats de gladiateurs modernes, mais c'était plus que ça encore ; des combats avec des obstacles mortels.

Il s'avança, prêt à repousser tout ce qui viendrait à eux. Dakota prit une épée et un bouclier sur une étagère à leur droite, puis siffla à Alon de faire de même.

— Casque, ajouta-t-elle en enfilant le sien.

Il ouvrit grand les yeux.

— Je déteste le dire, mais tu ressembles vraiment à Khloe Maxx.

Elle grimaça, brandissant son épée.

— Tu veux mon aide ? Ne me fais pas chier.

Quand elle se détourna, Alon dissimula un sourire, et Dex se rendit compte que le vampire avait peut-être raison ; s'énerver était peut-être ce dont Dakota avait besoin pour survivre aux défis qui les attendaient.

— Placez vos paris, mesdames et messieurs ! Dernier appel ! résonna la voix du présentateur.

— C'est ça, marmonna Alon. Pariez. Surtout toi, enfoiré.

Ses yeux envoyèrent des éclairs vers une silhouette au balcon VIP qui dépassait des tribunes au-dessus.

— Schiller, jura Dakota.

Elle jeta ensuite un regard à Alon ; il valait mieux que son plan fonctionne.

Dex grinça des dents, n'étant pas sûr de leur succès, mais pour l'instant, il devait se concentrer sur l'aspect survie de leur plan.

— Vous tous êtes les vrais gagnants de la journée, poursuivit le présentateur. Mais si un de nos participants venait à survivre aux trois rounds, même si c'est fort peu probable, il ou elle pourra choisir entre un appartement de luxe dans les tours Scarlet, ou bien un million de dollars !

— On va voir, si c'est fort peu probable, grommela Dakota, aussi rebelle que jamais.

Alors que le présentateur radota en faisant la promotion prolixe des propriétés de vacances des tours Scarlet, Dex se pressa contre les jambes de Dakota, espérant lui communiquer ce qu'il ressentait. Qu'il serait là pour elle, quoi qu'il arrive. Que d'une façon ou d'une autre, ils s'en sortiraient.

Une cloche retentit et les projecteurs convergèrent vers une structure inhabituelle.

— Mesdames et messieurs, notre premier obstacle... La Fosse de la mort !

Un garde les poussa avec une pique.

— Allez-y.

Dex avança, prenant les devants en montant sur une rampe en bois courte. La foule se mit à psalmodier et à applaudir, avant de taper des pieds.

— La Fosse de la mort ! La Fosse de la mort !

— C'est plutôt le marais de la mort, renifla Dakota.

Vingt crocodiles nageaient dans une mare boueuse sur une quinzaine de mètres, tous claquant des mâchoires.

— Comme ça ?

Alon prit une des cordes qui pendait du plafond, prêt à se balancer comme Tarzan.

Dex leva les yeux alors que Dakota tira fermement, puis secoua la tête.

— Elles sont faites pour se briser. Vous voyez la charnière plus haut ?

Il grogna et Alon grommela.

— Schiller nous joue des sales tours. Pourquoi ne suis-je pas surpris ?

Dans un crissement vif, la rampe sous leurs pieds commença à se soulever... les inclinant petit à petit vers le bourbier. Alon chancela dans Dakota.

— À l'aide !

La foule continuait d'applaudir et de taper des pieds.

— La Fosse de la mort ! La Fosse de la mort ! tonnait-elle.

— Allez ! dit Dakota à Dex avant de se tourner vers Alon. Imaginez-les comme des pierres de gué. Et surtout, ne vous arrêtez pas !

Dex observa les crocodiles, puis bondit. En tant que félin, il savait qu'il pourrait traverser. Mais, bordel... et Dakota ?

Le crocodile sur lequel il atterrit en premier se souleva et donna un coup de crocs, cependant Dex était trop rapide pour lui. En une seconde, il bondit sur la bête suivante, et la suivante... jusqu'à la plateforme de l'autre côté. Il sauta dessus pour s'y mettre en sécurité, puis se tourna.

La foule acclama parce que, waouh. Dakota n'était qu'à un pas derrière lui. Mince, elle était rapide elle aussi. Mais Alon...

— La panthère noire et la princesse guerrière ont traversé ! lança le présentateur. Mais les crocodiles reniflent le sang, et moi aussi !

Il parlait d'Alon, qui chancelait encore sur le premier reptile alors que les autres convergeaient lentement vers lui.

— Continue d'avancer ! hurla Dakota.

Dex fouetta ses jambes de sa queue, passant un message clair.

Oublie-le. Ils ne pouvaient pas se permettre de l'attendre.

Mais Dakota empoigna son épée et remonta sur le dos du crocodile le plus proche. Le public rugit et le présentateur aussi.

— Et la princesse guerrière y retourne !

Dex grommela, impuissant. Était-elle folle ?

Peut-être, mais elle était sacrément agile également, bondissant d'un crocodile à l'autre jusqu'à Alon. Les animaux se tournèrent vers elle à la vitesse de la lumière. Mais elle était tout aussi rapide… et intrépide, les frappant avec son bouclier et son épée.

— Bouge ! aboya-t-elle à Alon. Maintenant !

Dex n'avait d'autre choix que d'y retourner aussi, attirant plus l'attention de certains sur lui. L'un manqua de lui croquer la patte arrière, mais il sauta à temps.

— Dex ! hurla Dakota une fois qu'Alon et elle furent en sécurité de l'autre côté.

Avec un élan puissant de ses pattes arrière, Dex se déplaça sur les trois derniers crocodiles et atterrit à côté d'elle dans un bruit sourd.

La foule explosa sous les acclamations et Alon sourit.

— Nous avons réussi !

Dex grogna.

Dakota et moi surtout. Toi, t'as failli finir en croquette de croco.

Alon montra quelque chose devant lui.

— Vous m'aidez, je vous aide, vous vous rappelez ?

Dex ne voyait pas comment il allait contribuer. Mais le temps qu'il y réfléchisse, la rampe s'inclinait de nouveau, les forçant à avancer vers l'obstacle suivant. Deux gladiateurs torse nu se tenaient devant eux, agitant leurs gourdins.

— Écarte-toi, connard, grommela Dakota en repoussant celui sur la droite.

Dex grogna sur celui de la gauche.

L'épée de Dakota résonna dans un bruit métallique contre le casque du premier.

Dex donna un coup dans les côtes du second avec une patte.

En quelques secondes, les deux hommes reculèrent, dévisageant Dakota avec effroi et surprise.

Dex sourit presque. La voilà, sa compagne.

— Nos concurrents ont peut-être survécu à la Fosse de la mort…, reprit le présentateur. Mais passeront-ils le Plongeon nocturne ?

Les spectateurs les huèrent et les acclamèrent tout en mangeant du pop-corn. Dex gronda dans leur direction, puis s'immobilisa. Parmi la nuée de visages frénétiques hurlant pour du sang se trouvait une silhouette parfaitement immobile, le visage obscurci par une capuche sombre. Quelqu'un attendait… observait… quoi ?

Il n'avait pas le temps de résoudre ce mystère, car trois ombres passèrent en vitesse dans les airs, fonçant droit sur lui.

— À terre ! hurla Dakota en plaquant Alon au sol.

Dex s'accroupit, puis donna un coup de dents quand la bête vola non loin. C'était quoi, ce truc ?

— Nos vautours sont sacrément affamés, les amis ! gloussa le présentateur.

— Des vautours, mon cul, grommela Alon. Ce sont des gargouilles.

Dex se renfrogna, observant les bêtes ailées tourner en rond pour une nouvelle attaque. Alon avait raison. Il s'agissait de gargouilles… des créatures malveillantes et tordues de la taille d'un petit ptérosaure, armées de becs incurvés et de serres acérées. Mais il y avait de la magie qui flottait dans l'air, grâce ou à cause des trois sorcières assises dans un box en hauteur. Entre deux mouvements d'aiguille à tricoter, le trio agitait les doigts et murmurait des sorts pour dissimuler tous les éléments surnaturels aux humains du public. Même les vampires comme Schiller savaient qu'il valait mieux ne pas trop en révéler.

— Par là-dessous, dit Dakota en poussant Alon vers une zone recouverte de barbelés tirés près du sol. Utilisez vos coudes. Comme ça…

Et elle partit, rampant comme un commando sous les feux ennemis.

— Oh ! Tu as fait ça dans *Les Troupes de l'aube*, pas vrai ? s'extasia Alon.

Dakota ricana.

— Ouais. Mais sans les gargouilles.

Dex se coucha presque pour filer sous les barbelés avec eux. Mais quand les gargouilles foncèrent pour une nouvelle attaque, il bondit à la place, gardant l'équilibre sur les poutres de bois qui supportaient le barbelé.

— À l'aide ! cria Alon alors qu'une gargouille plongeait sur lui, toutes griffes dehors.

Dakota brandit son épée à travers un trou entre les fils, repoussant la bête hurlante. De son côté, Dex donna un coup de patte sur l'aile de la bête la plus proche, l'entaillant de ses propres griffes. La créature lâcha un cri et s'écrasa dans les barbelés où elle resta accrochée et emmêlée, jurant.

La foule les acclama de nouveau, et Dex repéra Dakota qui fonçait plus loin. Quand elle ressortit de l'autre côté du terrain, elle courut vers un mur d'arme, puis se tourna et lança quelque chose.

— Esquive ! hurla-t-elle.

Dex se coucha juste à temps pour entendre quelque chose siffler dans son oreille. L'objet tourbillonna et partit frapper la gargouille derrière lui. La créature poussa un cri et vola au loin, griffant le projectile qui s'était fiché dans ses côtes. Un shuriken ?

— Comme dans *L'Aube du ninja* ! s'exclama Alon.

Dex ouvrit grand les yeux. Dakota connaissait aussi les arts martiaux ?

Le public applaudit avec force, rajoutant des paroles à leurs chants.

— Khlo-ee Maxx ! Khlo-ee Maxx !

— Allez ! cria-t-elle en remettant Alon debout.

Après un grognement d'avertissement, Dex bondit pour les rejoindre. Entre temps, deux gargouilles s'étaient retrouvées emmêlées sans pouvoir faire quoi que ce soit dans les barbelés, et le troisième s'éloigna dans les airs pour se percher à une distance de sécurité.

— Gargouille de bas étages, marmonna une femme sur les sièges du premier rang le plus proche d'eux. Sans parler de ces sorcières…

Dex tourna vivement la tête. Pourquoi lui paraissait-elle si familière ?

Il ne parvint cependant pas à distinguer son visage parmi la foule. Et puis avec un dernier obstacle se présentant à eux, il n'avait pas de temps à perdre. En particulier quand une porte latérale s'ouvrit et qu'une meute de loups surgit en hurlant, prête à en découdre. Ils convergèrent tous vers Dex, Dakota et Alon, puis ralentirent, poussant le trio vers la dernière épreuve.

Dex détourna les yeux des loups pour jeter un œil devant où se trouvait une flamme de six mètres projetée depuis une niche dans le mur.

Zoum ! L'odeur du soufre lui piqua les narines et il fronça le nez.

— Un dragon, marmonna Alon.

Dakota se coupa dans son élan.

— Tu plaisantes, pas vrai ?

Dex regarda vers la droite. Non, il ne plaisantait pas. Il y avait réellement un dragon qui crachait du feu depuis un piètre mur qui le camouflait. Aux yeux humains, ce n'était qu'un lance-flammes, mais pour Dex...

Il se força à ravaler la boule dans sa gorge. Les loups continuaient d'avancer. De chaque côté, les murs de pierre les poussaient à s'engouffrer dans un espace où ils seraient des cibles faciles pour le dragon. Une panthère pouvait survivre à toutes sortes d'attaques de métamorphe, mais aucun félin au monde, peu importe son courage, n'avait la moindre chance contre un dragon.

Il jeta un regard désespéré à Dakota. Elle brandissait son bouclier avec détermination, cependant il cramerait au bout de quelques secondes. Et ensuite...

Il chassa cette pensée, cherchant désespérément une solution. Mais laquelle ?

Chapitre 13

Dakota lança un regard tout aussi désespéré à Dex. Pour l'instant, ils avaient réussi à passer chaque obstacle, mais merde. Un dragon qui crachait du feu ?

Alon lissa sa chemise et avança.

— Laisse-moi gérer ça, chérie.

Elle lui empoigna le bras.

— Tu es fou ?!

Il se tourna avec un sourire.

— Comme j'ai dit. Tu m'aides, je t'aide.

— Et maintenant, notre prochaine épreuve... Le Feu du dragon ! exulta le présentateur.

Littéralement. Dakota se mordilla la lèvre alors que Dex et Alon étaient forcés d'avancer dans l'espace de plus en plus étroit.

— Le Feu du dragon ! Le Feu du dragon ! tonna la foule tout en continuant à applaudir et taper des pieds.

Dakota brandit son bouclier. Alon bluffait-il ou avait-il réellement un atout dans sa manche ?

Elle lança un regard à Dex, s'émerveillant de son corps félin au poil soyeux pour la énième fois. Un corps qui avait supporté maints dangers... pour elle. S'ils s'en sortaient...

Quand nous nous en sortirons, se corrigea-t-elle.

Elle ne douterait plus jamais de leur amour. Mais d'abord...

Elle prit une profonde inspiration et se força à suivre Alon. La voilà qui brisait la règle fondamentale de son travail de cascadeuse : ne jamais céder le contrôle à un autre, en particulier si cette personne devait encore prouver sa valeur. Mais pour l'instant, elle n'avait pas d'autre choix. Pas avec cette meute de loups qui lui grignotait les talons.

Elle agita son épée vers les deux plus proches, qui reculèrent.

— Restez près de moi, dit Alon en levant le coude gauche. Il y a une limite à l'espace que je peux dégager.

Dakota noua son bras autour du sien et se pressa contre lui. Dex gronda et cala sa tête entre eux, cependant Alon le repoussa.

— Je n'essaie pas de te prendre ta copine, mon pote. J'essaie de la tirer de là en vie, d'accord ?

Dex grommela, mais céda, contournant Dakota pour se placer du côté libre. Elle baissa une main dans les poils soyeux de son dos, et ils avancèrent comme Dorothy et ses compagnons sur le chemin d'Oz.

— Quand je vous le dirai, fermez les yeux et retenez votre souffle. Et restez près de moi.

Le ventre de Dakota se retourna quand un crissement grave se fit entendre sur sa droite. Le dragon prenait une inspiration, prêt à cracher du feu. Suivit un moment terrifiant de silence, et une petite seconde plus tard...

Zoum ! Une grande flamme jaillit, noyant le bruit de la foule.

— Maintenant ! aboya Alon en levant sa main libre pour bloquer les flammes.

Fermer les yeux et retenir sa respiration était en réalité un réflexe quand on était baigné dans les flammes. Dakota serra les dents alors que la chaleur et le vent faisaient rage autour d'eux.

Une seconde. Non, ce n'était pas du vent. C'était la force du souffle du dragon.

Alon vacilla contre elle et elle le retint. Quoi qu'il fabrique, ça fonctionnait... pour l'instant. Elle n'allait pas le laisser flancher maintenant.

Chaque pas était comme avancer dans des sables mouvants, et chaque battement de son cœur donnait l'impression d'être le dernier. Elle enfonça les doigts dans la fourrure épaisse de

Dex. Le temps sembla ralentir, et elle était à court d'oxygène. S'ils ne sortaient pas rapidement des flammes...

Alon avança d'un autre pas et chancela, l'entraînant avec lui. Elle ouvrit grand les yeux et jura. Seigneur, on était y était. Elle allait mourir.

Mais le souffle du feu fut noyé par les cris enragés de la foule. Dex hurla et Dakota, sans savoir comment, l'interpréta comme une incitation à courir.

Soulevant Alon, elle se dépêcha de sortir de la ligne de feu du dragon. Elle se releva ensuite, haletant et vérifiant l'état de ses camarades. S'en étaient-ils vraiment sortis sains et saufs ?

Pas vraiment. Alon tremblait, tenant son bras droit. Des volutes de fumée s'échappaient de ses doigts, et elle avait peur de regarder de plus près. Malgré tout, ils étaient encore en vie ! Apparemment, les vampires avaient la capacité de résister aux flammes d'un dragon... du moins, pour un temps limité.

— Tu as réussi ! l'acclama-t-elle.

Alon afficha un grand sourire.

— N'est-ce pas ?

Dakota s'accroupit et balança les bras autour de Dex.

— Nous avons réussi ! Vraiment !

La joie et le soulagement qui jaillirent en elle doublèrent quand Dex cala son visage doux contre elle. Ses moustaches chatouillèrent sa peau, et elle gloussa.

— C'est si agréable. Je pourrais m'habituer à ce truc de panthère.

À plus d'un titre, dit une petite voix dans son esprit quand elle se rappela ce que lui avait dit Dex.

« Un métamorphe peut s'accoupler avec une humaine. Dans ce cas, elle deviendrait aussi métamorphe. »

Plus elle y pensait, plus elle aimait l'idée. Mais d'abord, ils devaient sortir de cet enfer.

Elle se redressa, souriant sous les acclamations de la foule.

— Voyons... L'appartement de luxe dans les tours Scarlet ou le million ?

Elle plaisantait, évidemment, alors qu'Alon avait l'air très sérieux.

— En tant que végan, je sais qu'il ne vaut mieux pas vendre la peau de l'ours avant de l'avoir tué.

Elle se renfrogna.

— Comment ça ? Le présentateur a dit...

Il riva un regard sur elle qui l'interrompit. Merde. Il avait raison. Ce n'est pas parce que Schiller promettait quelque chose qu'il allait vraiment le faire.

Juste à ce moment, le présentateur reprit son micro.

— Quel spectacle, mesdames et messieurs ! Quel spectacle ! Il reste un tout dernier obstacle que nos participants devront franchir. Cette fois, vous pouvez être sûrs que du sang va couler !

Tout le monde applaudit et les épaules de Dakota s'affaissèrent. Bien sûr que Schiller n'allait pas les laisser s'en sortir vivant. Comment avait-elle pu être si naïve ?

Dex avança vers la tribune VIP et grogna, mais le chef des vampires se contenta de le saluer. Comme s'ils avaient été trop stupides pour croire qu'ils avaient une chance ; il gagnait et gagnait toujours.

Dakota ramena son arme vers elle, évaluant la distance du bras. Dans *La Brute et le Cruel*, elle avait jeté une épée pour empaler un des méchants dans un mur. Une scène atroce que le public avait adorée. Elle s'était entraînée à ce mouvement tant de fois qu'elle pouvait le refaire dans son sommeil, cependant cette épée-là faisait le double du poids des accessoires d'Hollywood, et Schiller était deux fois plus loin.

De plus, les portes s'ouvrirent de tous les côtés de l'arène juste à ce moment, et tout un tas de gladiateurs entra. Dix au moins, plus quelques loups qui poussèrent des hurlements à vous glacer le sang. Pire, les statues décorant les pourtours de l'arène prirent vie et une dizaine de gargouilles se réveillèrent de la pierre, prêtes à bondir.

Les spectateurs s'emballèrent, tout comme le présentateur.

— Les amateurs d'Histoire peuvent consulter leur programme pour plus de détails sur chaque gladiateur, que ce soit le thrace, le rétiaire, le samnite et plein d'autres !

Dakota fit craquer sa mâchoire d'un côté et de l'autre, faisant de son mieux pour calmer ses nerfs. Mais, bordel. La mort était un adversaire assez délicat, en particulier dans une arène bondée de fans assoiffés de sang qui l'encourageaient. Schiller aurait pu tout aussi bien avoir un combattant déguisé en Grande Faucheuse avec une faux.

— Tenez-vous dos à dos, ordonna-t-elle aux autres alors qu'elle cherchait un moyen de s'enfuir.

Une trappe dans le sol de l'arène ? Une échelle suspendue à un hélicoptère apparaissant juste au bon moment ?

Dommage qu'il ne s'agisse que de cascades, et qu'ils soient dans la vraie vie.

Dex et Alon se pressèrent contre elle et ils se tournèrent vers les gladiateurs qui arrivaient. Les lames scintillaient sous les projecteurs, et les loups hurlèrent à la lune. Dakota cogna sa lance contre son bouclier, refusant de montrer sa peur. Mais à l'intérieur... son estomac s'agita. Elle y était. C'était la fin.

Soudain, Dex tourna la tête vers une section de la foule.

Dakota suivit son regard, repérant un homme qui courait vers l'arène.

— Quoi encore ?

Dex lâcha un soupir plein d'espoir. Pourquoi ?

Le type descendit les marches des gradins trois à la fois tout en repoussant une cape. Il se transforma ensuite en loup à mi-chemin et bondit dans l'arène.

Alon secoua la tête avec amertume.

— Comme si les gladiateurs n'étaient pas suffisants.

Un autre homme fit la même chose de l'autre côté. Il chargea, fonçant sur deux gardes, et entra dans l'arène en se changeant en ours.

Les genoux de Dakota tremblèrent alors que le loup et l'ours dépassèrent les gladiateurs, filant droit sur elle. Mais à la dernière seconde, ils firent demi-tour et grognèrent sur les hommes qui les entouraient.

Dex émit un bruit étrange, comme s'il était content de les voir. Que se passait-il ?

Un instant plus tard, le chaos éclata. Des gargouilles volèrent au-dessus d'eux alors que des épées étaient brandies et que des bêtes au sol grondaient. Dakota se retrouva face à deux gladiateurs avec leurs tridents.

— Putain de rétiaire, marmonna-t-elle en les repoussant avec son bouclier.

— J'ai besoin d'aide ! hurla Alon alors qu'un loup lui sautait à la gorge.

Dakota cogna les pattes arrière de la bête avec son épée, puis se tourna vers les gladiateurs.

Derrière eux, Dex tacla un autre ennemi. Le loup et l'ours qui s'étaient précipités depuis le public luttaient tout aussi férocement, soutenant Dex. Elle ne savait pas du tout qui ils étaient, mais bordel, elle prendrait toute l'aide qu'on voudrait bien lui donner.

Pourtant, c'était une vraie mêlée, et elle était en plein centre. Faisant appel à toutes ses connaissances, elle lutta pour sa vie. Et franchement, elle se débrouillait pas mal. Mais pour chaque gladiateur qu'elle repoussait ou bête sauvage qu'elle évitait, deux autres arrivaient. Ce n'était qu'une question de temps avant qu'elle ne succombe sous le nombre écrasant d'adversaires.

Quand une épée lui entailla l'avant-bras, elle lâcha un cri ; le gladiateur suivant repoussa son bouclier, lui tordant le poignet. Dex grogna, essayant de se frayer un chemin jusqu'à elle, cependant un autre combattant lui bloqua la route.

— Au secours ! cria Alon.

Dakota se tourna et donna un coup de pied au loup qui le plaquait au sol. Elle l'aida ensuite à se relever et…

— Oh !

Il montra quelque chose derrière elle. Elle tressaillit, sûre qu'il s'agissait d'un gladiateur prêt à l'embrocher avec son épée. Mais quand elle se tourna, elle vit une femme qui courait dans la foule environnante en hurlant.

— Schiller, menteur ! Tricheur !

Dakota examina le public. Qui était-ce ?

Même les gladiateurs commençaient à se tourner pour la regarder alors qu'elle courait vers l'estrade et écartait les bras. Un scintillement apparut autour de son corps et les spectateurs poussèrent un petit cri.

— Tout ceci fait partie du show, mesdames et messieurs ! Ça fait partie du spectacle ! annonça le présentateur sans grande conviction.

Trois hommes de la sécurité se précipitèrent sur la femme, mais elle se contenta de fermer les yeux, de lever le menton et de poser les genoux à terre.

— Oh, mon Dieu, elle va sauter ! cria quelqu'un.

Il s'avéra que c'était plus un plongeon pour planer. Ou flotter. Ou pour…

Dakota écarquilla les yeux. Pour voler ? Parce que la femme n'était plus une femme. Elle était une dragonne, surplombant l'arène.

Le public se mit à pousser des cris confus. Le loup le plus proche, le sombre qui semblait être l'ami de Dex, jappa fièrement et remua la queue. Pendant ce temps, les gladiateurs brandissaient leurs armes pour se défendre ou battaient en retraite vers les portes.

— Attrapez-la, bande de lâches ! hurla Schiller depuis son siège VIP.

Il se mit à couvert ensuite alors que la dragonne projetait une flamme de trois mètres sur lui.

Dakota la regarda. Que se passait-il ?

— Waouh, ce sont les meilleurs effets spéciaux que j'ai jamais vus, s'émerveilla un membre du public non loin de là.

Dakota déglutit. Si seulement il savait.

— Mesdames et messieurs…, commença le présentateur.

Un fracas retentit alors derrière lui et ses paroles suivantes ne furent pas du tout pour le public.

— Vous ne pouvez pas être ici mademoiselle, c'est interdit.

— Je vais te montrer de l'interdit, connard, gronda une femme dans le fond.

Une bagarre se fit entendre et le public leva les yeux, paniqué. Quelqu'un finit par prendre le micro et une voix féminine résonna dans toute l'arène.

— Mesdames et messieurs, ici je suis l'agent Proulx de la Commission Incendie de Las Vegas.

Dakota se renfrogna. La quoi ?

— Nous sommes dans le regret de vous informer que nous avons détecté un risque d'incendie dans le complexe, continua-t-elle.

Dakota regarda la dragonne qui volait en cercle au-dessus d'eux. Est-ce qu'elle souriait ?

— Je répète : un risque d'incendie, insista la femme dans le micro. Nous avons besoin que tout le monde évacue dans le calme. Et surtout, ne paniquez pas.

Elle mit l'accent sur le mot « panique », incitant la foule à justement faire ça.

— Oh, et n'oubliez pas de récupérer vos gains en sortant, pouffa-t-elle. Les gérants du Scarlet Palace nous ont assuré qu'ils respecteront chaque demande, et qu'ils rembourseront tous vos billets d'entrée.

— Rembourseront *quoi* ? hurla Schiller.

La dragonne se tourna vers lui, et il se mit de nouveau à couvert.

— Au revoir, tout le monde, et passez une bonne soirée, gloussa la nouvelle présentatrice.

Dakota observa le public qui se précipitait vers les sorties. Un homme chauve et corpulent marchait tranquillement cependant, lançant un sourire furtif à Dex. Bob ?

Alon la prit par le coude et la guida vers une porte latérale.

— Je crois que c'est le moment de quitter la scène.

Il salua les gladiateurs agglutinés sous l'arche.

— Hors de notre chemin ! Dégagez ! Laissez passer la princesse guerrière !

Pour la toute première fois, Dakota se sentit comme son rôle, en particulier quand les gladiateurs se dépêchèrent de se décaler. Bien sûr, ça aidait d'avoir trois carnivores féroces avec elle ; une panthère, un loup et un ours, sans parler de la dragonne qui encombrait l'espace étroit derrière eux. Tout le monde fuyait, laissant le couloir à Dakota et ses alliés. De l'air chaud souffla derrière eux alors que la dragonne repliait gracieusement ses ailes et reprenait forme humaine, prenant un peignoir dans la zone des gladiateurs.

— Salut. Je suis Kaya. Et voici Trey.

Souriant, la femme montra le loup, puis tendit la main.

— Ravie de te rencontrer.

Dakota lui serra la main, un peu émerveillée.

— De même.

Alon se frotta les mains de joie et désigna un couloir latéral.

— Eh bien, je vous laisse. J'ai un pari à récupérer. C'était très sympa de travailler avec vous.

Dakota parvint à le saluer alors que Dex, toujours sous forme de panthère, cogna ses jambes, la dirigeant de l'autre côté. Waouh. Est-ce qu'elle faisait réellement ses adieux à un vampire ? Et, *pfiou...* La cavalerie qui venait de leur sauver la mise était-elle vraiment un trio de métamorphes ?

— Voici Tanner, dit Kaya en désignant l'ours. Et dans le box du présentateur, c'était ma sœur Karen.

Dakota cligna des yeux.

— Ta sœur ?

Kaya sourit.

— Je promets de tout expliquer. Mais partons d'ici d'abord. Oh, avec un petit arrêt pour récolter nos gains.

Chapitre 14

Une semaine plus tard...

Dakota s'assit sur la marche la plus haute du chalet, contemplant les montagnes de Wind River. Sept jours s'étaient écoulés depuis le combat au Scarlet Palace, et elle commençait à peine à respirer librement. Dex était à ses côtés, et il lui donna un petit coup d'épaule.

— Pas mal la vue, hein ?

Elle afficha un grand sourire.

— C'est clairement mieux que Las Vegas.

Son sourire était aussi grand que le sien.

— Tout ici est mieux qu'à Vegas. Alors, oui, le chalet pourrait être un peu arrangé...

Il désigna par-dessus son épaule la structure au toit penché, une parmi d'autres au ranch Flying Aces.

Elle éclata de rire. En effet, le chalet était clairement à retaper. Mais, hé. La cheminée en pierre et les poutres en cèdre étaient magnifiques, sans parler du paysage. Et de toute façon, elle se considérait quand même comme chanceuse après avoir survécu aux fosses du Scarlet Palace pour avoir cette opportunité ; une invitation à vivre et travailler dans le Wyoming. Un bel endroit avec des personnes géniales... à commencer par les propriétaires du ranch.

— Il faut le réparer, approuva-t-elle. Mais ce sera amusant. Notre propre foyer

Et c'était reparti... Un de ces moments où elle avait l'impression qu'elle devait se pincer pour vérifier que c'était bien réel.

Kaya, la métamorphe dragonne, arriva tranquillement au coin de la maison... sous forme humaine, merci bien.

— Le dîner est prêt. Vous venez ?

Dex bondit presque sur ses pieds.

— Oui, m'dame.

Dakota suivit en gloussant. Dex s'était promené dans la forêt en panthère presque toute la nuit et avait fait la sieste presque toute la journée. Ça, plus la fois où ils avaient lentement ait l'amour dans le petit chalet cozy qu'on leur avait assigné, légèrement à l'écart des autres bâtiments du ranch.

La minuscule cicatrice sur son cou la picotait et s'échauffait, marquant l'endroit où Dex avait placé sa morsure d'union. Bientôt, elle pourrait se transformer aussi en panthère, et elle était impatiente. Selon lui, le processus pouvait prendre entre quelques jours et plusieurs semaines, et il lui tardait de vivre ça elle-même. Mais pour l'instant...

Une voix gronda au fond de son esprit.

Dîner. Besoin de manger.

Elle ne pouvait peut-être pas encore se transformer, mais son côté panthère émergeait petit à petit de manière subtile.

— C'est sympa, hein ? dit Kaya en montrant les montagnes.

— C'est superbe, approuva Dakota. Et tout ça appartenait à ton grand-père ?

Elle hocha la tête.

— Les mille deux cents hectares, mais personne n'a travaillé au ranch depuis des années. C'est pour ça que nous sommes contents d'avoir votre aide.

Elle incluait sa sœur Karen, mi-dragonne, mi-sorcière, qui avait hérité du ranch avec elle. Ils vivaient avec elles ainsi que leurs compagnons : Trey, un métamorphe loup, et Tanner, l'ours qui avait déclenché cette série d'évènements qui avait permis à Dakota et Dex de prendre un nouveau départ dans le Wyoming. Dex lui avait tout expliqué et Kaya et Karen avaient complété devant des feux de joie crépitants ces derniers soirs ; des soirées riches en rires, discussions et blagues amicales.

— Je n'aurais jamais cru que je rencontrerais mon compagnon dans un casino, avait dit Kaya la dragonne en gloussant et en serrant Trey contre elle.

— Et purée, on s'est mis dans de beaux draps tous les deux, avait-il ajouté en ne plaisantant qu'à moitié. Mais bon, on s'en est sortis de nouveau, pas vrai ?

— De mon côté, mes ennuis ont commencé quand j'ai voulu voler un diamant, avait dit Karen. Peut-être pas mon meilleur plan.

— Plan ? Quel plan ? avait soupiré Tanner.

Karen avait tapé son bras d'un geste espiègle.

— Hé, ça s'est bien terminé, non ?

Dakota sourit. Il y avait eu des moments où elle avait maudit Tanner pour avoir impliqué Dex dans cette combine pour récupérer l'argent du Scarlet Palace. Mais maintenant qu'elle avait elle-même été victime de la malveillance de Schiller, elle comprenait ses justifications.

De plus, Tanner n'était pas responsable. C'était le destin qui pressait chaque couple à travers leurs propres épreuves et tribulations jusqu'à ce qu'ils trouvent leur fin heureuse dans cet endroit merveilleux.

Dakota poussa un soupir ravi. Un endroit génial, des gens géniaux... enfin, des métamorphes géniaux, et un nouveau travail génial également.

— Il me tarde de me mettre au boulot, dit-elle à Kaya. Et Tonnerre aussi.

Elle désigna la belle jument qui broutait dans un enclos non loin. Rouanne, sa préférée. Et oui, c'était sa propre monture, rien qu'à elle, achetée avec son propre argent. Un autre rêve devenu réalité. Les résidents du ranch voisin n'avaient peut-être pas vu son potentiel, mais Dakota si.

Kaya sourit.

— On commence lundi. Il te reste tout le weekend.

— Vraiment, ça ne me dérangerait pas de...

Kaya secoua la tête.

— Quand Trey et moi sommes arrivés de Las Vegas, nous avons eu besoin d'un peu de temps pour décompresser. Je me suis dit que Dex et toi seriez dans le même cas.

Elle lui fit un clin d'œil.

— En plus, je suis sûre que vous trouverez de quoi vous occuper ces deux prochains jours.

Dakota dissimula un sourire alors qu'une voix résonnait en elle.

Oh, je suis sûre que oui.

Ses joues rougirent alors qu'elle frôlait Dex. C'était dingue de voir l'instinct animal qu'il réveillait en elle.

Il lui tardait en même temps de commencer son nouvel emploi en tant que dresseuse en chef du ranch Flying Aces. Le boulot de ses rêves, avec la majorité de la journée passée dehors et sur une selle, à rassembler du bétail ou entraîner des chevaux. Plus de cascades et, elle l'espérait, plus de vampire. Plus jamais.

Dex, de son côté, profiterait de sa forme de panthère pour traquer le bétail qui s'échapperait vers des territoires difficiles d'accès, et il donnerait également un coup de main à Tanner avec l'entreprise de bois de construction qu'il avait récupérée.

Dakota prit une respiration profonde. C'était parfait. Tout. Et si paisible. Des chevaux qui paissaient tranquillement dans un enclos non loin, une rivière de montagne qui gargouillait le long d'un sentier tortueux. Le bruissement des feuilles de tremble et la lueur dorée qui annonçait la fin d'une belle journée.

Une scène qui ne pouvait pas être plus parfaite, sauf que si, avec le parfum de steak grésillant qui les attirait.

— Timing parfait, déclara Karen en les saluant alors qu'ils approchaient de sa terrasse. Tanner dit que la viande est prête.

— Presque, corrigea l'ours en levant une main pour les accueillir.

Dakota ajouta une salade de pommes de terre aux autres accompagnements sur la table, et Trey s'occupa des boissons.

— Brasserie Bitterroot IPA, ça vous va ? Recommandé par les amis de mon cousin... Les métamorphes ours qui dirigent le saloon Blue Moon.

Kaya gloussa.

— Trey et moi avons rendu visite à son cousin au ranch de Twin Moon, et ils nous ont envoyés là-bas. Cet endroit est un saloon authentique.

Dakota dissimula son sourire. Des métamorphes ours qui tenaient un saloon ? Des métamorphes loups qui géraient un énorme ranch ? Dex l'avait fait entrer dans un tout nouveau monde dont elle ne connaissait rien, et il lui tardait de voir ces endroits de ses propres yeux. Peut-être un jour, quand ils seraient bien installés ici...

Même si cette pensée l'attirait, elle la rangea pour une autre fois. Elle avait déjà plein de choses à découvrir ici d'abord.

À commencer par ce steak, saliva sa bête intérieure.

Le dîner fut délicieux, et la bonne compagnie leur fit perdre la notion du temps. Le soleil se coucha et les étoiles émergèrent, créant une toile de fond grandiose au feu crépitant que Tanner entretenait dans le foyer extérieur.

— Wouah. C'est parfait, dit Dakota en prenant la main de Dex. Au lieu des néons, nous avons des étoiles. Au lieu des klaxons de la circulation, nous avons des grillons.

Elle ferma les yeux, écoutant un instant.

— Sans parler de la température agréable...

— C'est parfait ici l'été. Mais en hiver...

Karen soupira.

— Eh bien, c'est tout aussi beau, donc bon, tu dois simplement supporter la saison de la boue.

— Tu ne serais pas tentée de retourner à Vegas, n'est-ce pas? plaisanta Trey.

Elle ricana.

— Plus jamais. Pas quand j'ai tout ce dont j'ai besoin juste ici.

Elle s'appuya contre l'épaule massive de Tanner. Mais un instant plus tard, elle agita les mains et bondit sur ses pieds.

— Oh, ce qui me rappelle. Vous avez entendu ça?

Elle marcha jusqu'au porche pour récupérer sa tablette et fit défiler l'écran.

— C'était dans le *Las Vegas Review-Journal*...

Elle se racla la gorge et commença à lire...

— « Les propriétaires du casino de Westend annoncent des rénovations pour un stand de tir de Vegas. »

Tout le monde applaudit, et Dakota leva le poing. Oui, elle avait enfin trouvé un acheteur pour sa part de Franc-Tireur. Quel soulagement d'être débarrassée de ça... et d'avoir de l'argent sur son compte.

— Le casino de Westend ? demanda Kaya en se penchant pour regarder.

— Le seul et l'unique, répondit Trey en soupirant.

Quand Dakota inclina la tête, il précisa :

— C'est le casino possédé par la meute de loups de Westend. Nous leur avons rendu une visite imprévue il n'y a pas si longtemps...

Il lança un sourire furtif à Kaya et elle leva les yeux au ciel.

— Pas la peine de me le rappeler.

— D'autres métamorphes ? demanda Dakota.

— Que dire ? Il y en a partout à Vegas. Aucun n'est particulièrement amical.

— Eh bien, je suis juste contente d'être débarrassée du stand de tir, décida Dakota. Et qui sait ? Je pourrais trouver un ranch à moi dans le coin dans lequel investir.

— Ne nous abandonne pas, intervint Kaya. Nous avons besoin de toi.

Dakota éclata de rire.

— Je ne vais nulle part, crois-moi.

— C'était dans la section business, indiqua Karen en continuant à lire. Il y a un article en une. Prêt ?

Tout le monde acquiesça et elle se remit à lire.

— « Remaniement des entreprises Scarlet : nouveaux investisseurs, nouveau conseil d'administration, » dit-elle avec l'œil brillant. C'est le titre. Et regardez l'image. Vous reconnaissez des visages ?

Elle tourna sa tablette, montrant les images côte à côte sur la première page.

Dakota grommela.

— Igor Schiller ? Et, wouah. C'est Alon ?

— On le reconnaît à peine dans son costard, murmura Dex.

Karen sourit et reprit sa lecture :

— « Selon le dernier communiqué de presse, les entreprises Scarlet ont accueilli un nouveau membre dans leur conseil d'administration : l'activiste végan Alon Edgar. "Nous sommes ravis d'accueillir M. Edgar et son équipe visionnaire à la tête du Scarlet Palace durant cette nouvelle phase de développement qui nous emballe énormément", a déclaré leur porte-parole, Mandy Sangre. »

Kaya gloussa.

— Igor n'a pas l'air très ravi.

Le sourire de Karen s'agrandit.

— C'est la meilleure partie. « Igor Schiller, PDG de longue date, a annoncé qu'il comptait rentrer dans son pays d'origine, la Roumanie, dans la région de la Transylvanie. "Il est temps de retrouver mes racines et de passer plus de temps avec les miens", aurait-il déclaré ».

Karen ricana.

— Ouais, c'est ça.

Tout le monde rit, et Dex se frotta le menton théâtralement.

— Maintenant, où Alon a-t-il pu trouver l'argent pour acheter une part majoritaire des entreprises Scarlet ?

Tanner souffla.

— Ouais, je me demande. Un pari bien placé, peut-être ?

— Possible, murmura Dex.

Dakota dissimula un sourire. Avec l'aide de Bob, le métamorphe hérisson, Dex et elle avaient placé des paris sur leur combat, se disant qu'ils n'avaient rien à perdre. Elle avait mis toutes ses économies, alors que lui avait joué le million qu'il avait mis de côté. Ils avaient tous deux doublé leur mise. Par chance, les bookmakers du Scarlet Palace avaient payé, même si Schiller avait refusé de leur donner en plus le million remporté grâce aux épreuves.

— Qui est surpris ? avait marmonné Dex sur le chemin qui les avait menés hors de Vegas.

Malgré tout, Dakota trouvait qu'ils avaient eu beaucoup d'argent. Dex à lui seul avait récupéré deux confortables petits millions ; il avait décidé de garder la moitié et de donner l'autre à la fondation de sauvegarde des panthères. Bien sûr, Alon avait dû parier bien plus pour s'en sortir avec cette manne financière. Assez pour mettre Schiller en banqueroute et pour acheter des parts des entreprises Scarlet.

— Attendez, la suite est encore mieux, gloussa Karen. "Dans un communiqué séparé, Alon Edgar a déclaré : 'Le Scarlet Palace a toujours été un modèle en ce qui concerne l'innovation et le service client. Mon équipe et moi avons simplement décidé de porter ces traditions vers une passionnante nouvelle direction. Tout en continuant à offrir les mêmes grandes expériences de divertissement, nous introduirons des menus organiques totalement végans, un fonctionnement à l'énergie solaire à 100% et des pratiques commerciales durables. Nos clients se soucient de la planète, et nous également. Mesdames et messieurs, le futur de Vegas, c'est ici et maintenant ! »

Karen termina avec une petite révérence, et tout le monde rit.

— Tu penses que ce sera un succès ? demanda Trey.

Dakota haussa les épaules.

— Ça pourrait.

— Ce qui compte vraiment, c'est que Schiller et ses suceurs de sang soient sur la touche, répliqua Kaya.

Dex hocha la tête.

— Aux dernières nouvelles que m'a donné Bob, ils prévoient de transformer les fosses en spa de luxe.

Tout le monde éclata de rire, et Kaya continua.

— Donc, plus de combats, plus d'orgies de sang, plus de « festins ». Aucun de nous n'est parvenu à ça. Ni Trey, ni Karen, ni Tanner.

Elle point Dex et Dakota.

— Le monde ne le sait peut-être pas, mais c'est vous qu'ils doivent remercier pour ça.

Dakota leva les mains.

— Ils doivent remercier Alon pour ça. Et vous. Chacun d'entre vous, pour nous avoir sortis de là vivants.

Karen sourit.

— Je crois que nous pouvons tous nous accorder un peu de crédit. Prêts pour un toast ?

Elle leva sa bière et tout le monde suivit.

— Aux vampires adorateurs de soja. Au ranch Flying Aces. À une existence paisible et heureuse, loin de Las Vegas.

Kaya leva son verre, prenant le relais.

— À la nouvelle génération de Proulx qui dirige le ranch. Et qui sait ?

Elle fit un clin d'œil à Trey.

— Peut-être qu'il y en aura une autre incessamment sous peu.

Dakota sourit. À en juger par l'éclat dans les yeux de Kaya, des bébés se profilaient dans son avenir avec Trey. Karen et Tanner échangèrent un regard complice aussi, alors que Dex...

Il glissa un bras sur les épaules de Dakota et embrassa son oreille.

— Un jour, oui. Mais d'abord...

Il envoya directement dans son esprit de nombreuses images torrides.

— D'abord, il faut pratiquer, hein ? murmura-t-elle.

Il sourit.

— Ça et la réparation de notre chalet. S'habituer à nos nouveaux boulots. Chercher notre propre domaine dans le coin. En plus, il te faut dresser Tonnerre et...

Elle l'interrompit.

— J'ai compris, j'ai compris. Beaucoup de choses à gérer pour l'instant. Mais un jour...

Dex soupira et se cala contre elle.

— Un jour après l'autre, d'accord ? Je profite encore de celui-là, ma compagne.

Aperçu: Les Veilleuses du feu : Paris

Paris, ville de lumière... de métamorphes et de passions interdites.

Natalie, une humaine ordinaire, réalise enfin son rêve en arrivant à Paris, qui l'attire irrémédiablement depuis toujours. Mais à peine arrivée, elle découvre que sous ses façades élégantes, la ville est en fait le théâtre de dangereux conflits entre des forces paranormales rivales.

Poursuivie par un vampire assoiffé de sang, elle est sauvée de justesse par Tristan, un ancien militaire et dragon au passé troublé, engagé par les Gardiens de Paris pour protéger et veiller sur la ville.

Assigné à la protection de Natalie, Tristan se bat contre l'attirance interdite qu'il ressent pour elle, d'autant qu'elle cache en elle un héritage royal mystérieux qui pourrait bouleverser l'équilibre du monde paranormal. Cèderont-ils à un désir qui menace non seulement leur devoir, mais aussi l'avenir de la ville ?

Entre romance enflammée et suspense palpitant, Les Veilleuses du feu est une plongée captivante dans un univers fascinant de passion paranormale, où dragons, vampires et métamorphes s'affrontent pour le contrôle du destin dans les rues envoûtantes de Paris.

Par Anna Lowe

Vegas Shifters

Le pari du loup (Tome 1)

Le pari de l'ours (Tome 2)

Le pari de la panthère (Tome 3)

Aloha Shifters : Les Joyaux du cœur

L'appel du dragon (Tome 1)

L'appel du loup (Tome 2)

L'appel de l'ours (Tome 3)

L'appel du tigre (Tome 4)

L'amour du dragon (Tome 5)

L'appel du renard (Tome 6)

Aloha Shifters : Les Perles du désir

Dragon rebelle (Tome 1)

Ours rebelle (Tome 2)

Lion rebelle (Tome 3)

Loup rebelle (Tome 4)

Cœur rebelle (Tome 5)

Alpha rebelle (Tome 6)

Les Veilleuses du feu : Milliardaires et Gardiens

Les Veilleuses du feu : Paris (Tome 1)

Les Veilleuses du feu : Londres (Tome 2)

Les Veilleuses du feu : Rome (Tome 3)

Les Veilleuses du feu : Portugal (Tome 4)

Les Veilleuses du feu : Irlande (Tome 5)

Les Veilleuses du feu : Écosse (Tome 6)

Les Veilleuses du feu : Venise (Tome 7)

Les Veilleuses du feu : Grèce (Tome 8)

Les Veilleuses du feu : Suisse (Tome 9)

Les Loups de Twin Moon Ranch

Desert Hunt (Tome 1)

Desert Moon (Tome 2)

Desert Blood (Tome 3)

Desert Fate (Tome 4)

Desert Yule (Tome 5)

Desert Heart (Tome 6)

Desert Rose (Tome 7)

Desert Roots (Tome 8)

Sasquatch Surprise (Tome 9)

Blue Moon Saloon

Perfection (Tome 0)

Damnation (Tome 1)

Temptation (Tome 2)

Redemption (Tome 3)

Salvation (Tome 4)

Deception (Tome 5)

Celebration (Tome 6)

Serendipity Adventure Romance

Off the Charts

Uncharted

Entangled

Windswept

Adrift

Travel Romance

Veiled Fantasies

Island Fantasies

www.annalowe.fr

À propos d'Anna Lowe

Anna Lowe, auteure de best-sellers aux classements USA To-
day et Amazon, adore rappeler que les héroïnes sont des héros
au féminin et faire naître des histoires d'amour passionnées
dans des décors enchanteurs. Elle aime les chiens, le sport
et les voyages – où elle puise ses inspirations. Si elle n'est pas
concentrée sur son ordinateur, à travailler sur sa toute dernière
histoire, vous la trouverez en randonnée dans les montagnes ou
à vélo sur les routes de campagne. Et sa journée se terminera
toujours par un carré de chocolat noir et une bonne lecture.

Visitez **www.annalowe.fr**.